講談社文庫

長崎駅殺人事件

ナガサキ・レディ

西村京太郎

講談社

長崎駅殺人事件（ナガサキ・レディ）——目次

第一章　脅迫状

1

　スコットランド・ヤードの元警部、ミスター・ヘイズは、三年ぶりに、奥さんを連れて来日することになった。

　奥さんは、日本人である。というより、三年前に警視庁の客として、ヘイズが日本にやって来たとき、通訳を務めた酒井信子（さかいのぶこ）刑事が気に入って、帰国後、一日に少なくとも一回の国際電話でのラブ・コールを三ヵ月にわたって送り続け、めでたく結婚したのである。

　ミスター・ヘイズは、このとき五十三歳で、もちろん再婚だった。酒井刑事のほうは、二十八歳。初婚である。

二人の結婚式は、イギリスのロンドンと東京の二ヵ所で行なわれ、東京のときは、酒井信子の上司として、本多捜査一課長と十津川警部が出席している。

二人はロンドン郊外に新居を構えた。一年後、ヘイズはスコットランド・ヤードを退職し、かねてから希望していたとおり作家になった。

作家ビクトリア・ヘイズの誕生であり、新しい私立探偵「ハートリイ」の誕生でもあった。

ヘイズはハートリイを主人公にした小説を二年間に三冊書き、いずれもベストセラーになった。

その中の一冊、『M・ハートリイ海を渡る』は舞台が東京で、休暇で日本にやって来たスコットランド・ヤードのハートリイ警部が、東京でスパイ戦争に巻き込まれるストーリイで、日本でも翻訳版発行と同時にベストセラーになった。

美しい日本女性とのロマンスもあって、ヘイズの実人生が投影しているともいわれた。

そのヘイズが、この小説の好評に気をよくして、再び来日することになったのである。

十津川は、三上刑事部長に呼ばれて、そのことを知らされた。

「これが、ヘイズ夫妻の日本でのスケジュールだ」

と、三上は、十津川と同席した本多捜査一課長に、タイプされたものを配った。

「今度は、長崎ですか」

と、十津川が、スケジュール表を見ながらいった。

「長崎を舞台にした小説を書きたいんだそうだよ。それに、長崎はミセス・ヘイズ、酒井君の故郷でもある」

「なるほど」

「しかし、ミスター・ヘイズは、もう警察を辞めて一私人のはずですよ。われわれには、関係ないんじゃありませんか？」

と、本多が、三上にきいた。

「そうなんだが、うちの刑事が、スコットランド・ヤードに見学に行ったときには、ヘイズ夫妻に世話になっているしね。それに、ここへ来て、大きな問題が持ち上がってきたんだよ」

「どんなことですか？」

「今日、脅迫状とも挑戦状ともつかぬものが、届いたんだよ」

三上は、ポケットから、二つに折れた封筒を取り出して、本多に渡した。

「指紋の検出は終わっているから、自由に見てかまわんよ」

「宛名は、部長になっていますね」

「個人名ではなくて、警視庁刑事部長殿だ」

「差出人の名前は、ありませんが」

「中には書いてあるよ」

と、三上がいった。

「拝見します」

と、本多がいい、十津川と一緒に、中の便箋に眼を通した。

封筒の宛名もだが、便箋の文章もワープロで書かれている。


警視庁に警告する。ビクトリア・ヘイズは、イギリス帝国主義の手先として、ＷＲＰの弾圧に狂奔したばかりではなく、退職後は、その小説の中で、ＷＲＰ並びに主義を同じくする日本の同志に対して、この上ない侮辱を与えた。そのヘイズが、性懲りもなくまた来日し、日本を舞台にした小説を書こうとしている。先にわれわれは、ヘイズに対し、作品で侮辱したことへの謝罪を要求したが、それに対しては、何らの回答もなかった。もし警視庁が、このまま、ヘイズ夫妻を招待し、歓待し続けるならば、今後、何が起ころうと、その責任は、すべて警視庁が負わなければならぬ。

われわれは、ヘイズを許すことは絶対にできない。〝ヘイズに死を〟が、われわれの主張である。これは、必ず実行されるであろう。

警視庁の諸君。すぐ、ヘイズから離れたまえ。われわれは、ヘイズに対して強い憎しみを持つが、刑事諸君には何の憎しみもない。だが、諸君がヘイズを守ろうと試みるならば、われわれは、諸君をも殺さなければならなくなるからだ。

断わっておくが、われわれは強力である。ヘイズを守れるものなら、守ってみたまえ。

WRP　日本支部

「彼の小説の中に、WRPというのが出て来てましたかね？」

と、本多がいった。

「出て来ます。世界革命党と訳されていました」

十津川が、いった。

「ああ、思い出した。ワールド・レボリューション・パーティだったね」

「彼の小説の中では、スコットランド・ヤードに対抗する強力な犯罪組織ということになっています。全世界に支部を持つ組織です」

「しかし、これは架空の組織なんじゃありませんか？」

と、本多は首をかしげて三上を見た。

「それで、ミスター・ヘイズに国際電話をかけて、きいてみたんだよ」

と、三上はいい、

「彼も、自分の小説の中で強大な悪の組織を創ろうとして、ＷＲＰというものを考えたといっていた。創作したんだとね。００７でいえば、スペクターみたいなもので、確かに自分の経験も取り入れ、実在した犯罪組織も参考にしたが、あくまでも架空のものだと、いっていたよ」

「すると、この手紙はいったい、何なんですかね？」

本多がきいた。

「私にもわからんよ。悪戯（いたずら）かもしれない」

「ミスター・ヘイズは、何といっていました？」

「日本人も、最近はユーモアがわかって来たんじゃないかといって、笑っていたよ。ちょっと変わった歓迎だと、思っているようなんだ」

「部長は、どう思われるんですか？」

「それがわからないから、君たちの意見をきいているんだ」

と、三上は本多を見、十津川を見た。

おそらく三上部長は、この手紙を悪戯と思いながら、もし本気で送られて来たものならという不安も、感じているのだろう。

「ミスター・ヘイズに、日本に来るのを中止するように、要請をなさらないんですか？」

本多がきくと、三上は肩をすくめて、

「そんなことをしたら、世界中の物笑いになってしまうよ。小説の中の犯罪組織に脅かされて、友人の来日を断わったといってね」

「すると、ミスター・ヘイズは、予定どおり、十月六日に来日するわけですね？」

「そして、予定どおり長崎に遊ぶことになっている。夫妻でね」

「あのスケジュール表どおりですか？」

「そうだ。ミスター・ヘイズは多忙なので、あのスケジュールは変更できないといっている」

「秋、紅葉の日本ですか」

と、本多が呟いた。

「ああ、紅葉の日本を見たい、長崎の町もということだよ。次の作品の舞台は、長崎に決めたといっている」

「取材旅行というわけですか？」

「それに、日本との親善旅行の意味もあり、日本の警察と旧交をあたためる意味もある」

「しかし、もしこの手紙の主が本気だとすると、大変な旅行になるかもしれませんよ」

と、本多がいった。

「それで困っているんだ。私は、おそらく悪戯だと思うが、君のいうように、もし本気でヘイズ夫妻を襲って来たら、われわれは、日本の警察の名誉にかけて、二人を守らなければならないんだ」

と、三上はいった。

2

警視庁では、パリに本部のあるインターポールに、ＷＲＰという国際的な犯罪組織が実在するかどうか、きいてみた。

それに対して、インターポールからは逆に、

〈その組織は、これまでに、いかなる犯罪を実行したといわれているのか？〉

と、きかれて、三上部長も本多捜査一課長も十津川も、弱ってしまった。

三上たちが知っているＷＲＰは、ビクトリア・ヘイズの小説の中でしか、活動していないからである。

まさか、小説の中の犯罪をインターポールに報告するわけにはいかなかった。インターポールにヘイズの小説を読んでいる者がいれば、噴き出すに違いない。

十月六日が、容赦なく近づいてくる。

週刊誌も、ヘイズ夫妻の来日や、彼が今度、長崎を舞台にした小説を書くらしいことを載せ始めた。

十月三日に、第二の脅迫状が届けられた。

第一回と同じく、宛名は刑事部長で、中身もワープロで打たれていた。

われわれの警告にもかかわらず、警視庁はヘイズ夫妻を歓迎する気らしい。警視庁の浅見総監は、得々とテレビで、ヘイズ夫妻の来日は日英の親善につくすものだと、歓迎の言葉を述べた。

われわれは、警告したはずである。ヘイズ夫妻が来日し、長崎で遊べば、彼らを待ち受けているのは死である。それも、無残な死になるだろう。

今からでも遅くはない。ヘイズ夫妻を説得して、来日させないことだ。そうなれば、われわれも、殺さずにすむからだ。

警視庁の諸君。君たちは優秀だが、ヘイズ夫妻を守れると思ったら、大間違いだ。諸君は、われわれを知らないが、われわれは、諸君もヘイズ夫妻も知っている。また、好きな時、好きな場所で、二人を殺せるのだ。

こんな戦いを、諸君は、やるつもりなのか？

直ちに、来日を拒否するか、さもなくば、ヘイズ夫妻との関係を絶ちたまえ。

これが、最後の警告である。

WRP　日本支部

「しつこいですねえ」

と、本多が顔をしかめた。

「悪戯と思うかね？」

三上が、本多を見、十津川を見た。

「悪戯とすると念が入っていますが、ＷＲＰが実在しないことを考えると、悪戯とも考えられます」

と、本多がいった。

「それじゃあ、何にもわからないのと同じじゃないか」

と、三上は文句をいった。

「そのとおりで、何もわからないようなものです」

と、十津川が正直にいった。

「では、悪戯だとも思うのかね？」

と、三上は同じ質問を繰り返した。部長が念を押したのは、本気か、悪戯かの判断によって、対応の仕方がまったく変わってしまうからである。

「しかし、部長。これはただ単に、どちらかと決めて対応していいというものではありません。何といっても、ミスター・ヘイズは有名人であり、それも、元スコットランド・ヤードの警部です。もし日本にいる間に、彼が殺害されたりすれば、日本の警察の威信に関係して来ます」

と、本多はいった。

「私も、それが問題だと思っているんだよ。友好ということで喜んで招待したんだが、こうなると、厄介な荷物を背負い込んだみたいなものだなあ」

三上は、小さな溜息をついた。

「この脅迫状の主の狙いも、それかもしれません」

と、十津川がいうと、三上はじろりと見て、

「同じ狙い？」

「そうです。あるいは、ミスター・ヘイズには何の恨みもないのかもしれません。ただ、警察に対して強い恨みを持っている。憎んでいる。だが、ただ爆弾を警察に投げ込んでもつまらない。そこで、ミスター・ヘイズを殺せば、日本の警察の威信が傷つくのではないか。そう考えたのかもしれません」

と、十津川はいった。

「どうしたら、目的はミスター・ヘイズではなく、日本の警察だとわかるのかね？」

「手紙の主の目的が、警察の威信を傷つけることかどうかは、すぐわかると思いま

す」

「どうやったら、わかるんだ？」

と、三上がいらだたしげにいったとき、若い刑事が部長室に顔をのぞかせて、

「新聞記者たちが、話をききたいといって、集まっています」

と、困惑した表情でいった。

「何の話をききたいといっているんだ？」

「ミスター・ヘイズを、日本で殺すという脅迫状が各新聞社に届いているそうで、それについての刑事部長の意見をききたいといっています」

「君のいっていたのは、このことか？」

と、三上が十津川を見た。

「そうです。ミスター・ヘイズを殺すことだけが目的なら、こんな大げさなことはしないでしょう。マスコミにまで脅迫状を届けたのは、警察が秘密に処理してしまうことを恐れたからだと思います」

「警告しておいたのに、ミスター・ヘイズを守れなかったという具合にしたいわけか？」

「それもあるでしょうし、警察がミスター・ヘイズに忠告して、彼が来日を取りやめ

てしまったとき、マスコミに脅迫状の写しを送っておけば、警察が自分たちの失敗を恐れて、来ないでくれと、ミスター・ヘイズに頼み込んだということで、同じように日本の警察の威信を傷つけられます」

「なるほどな」

「どう返事をしておきますか？」

と、若い刑事がまたきいた。

「記者たちは、その脅迫状を持って来ているのかね？」

「その一通を、借りて来ました」

若い刑事は、封筒に入ったものを差し出した。

中央新聞社宛のもので、警視庁に来たものと同じワープロで書かれていた。

三上は、むずかしい顔で中身を調べ、それを本多や十津川にも見せた。

警視庁に送られて来たものをコピーした脅迫状のほかに、次のような手紙が入っていた。


われわれは、元スコットランド・ヤードの警部で、現在、作家であるビクトリア・ヘイズの来日に、断固反対するものである。彼の罪状についてはここに詳述しないが、もし彼が日本へ来れば、必ず殺害するつもりである。この件に関し、われわれは二回にわたって、招待者である警視庁に対して、警告を発している。

それにもかかわらず警視庁は、われわれの警告を無視して、方針を変更しようとしない。

これは、重大な過ちである。警察はわれわれの力を無視し、面子(メンツ)だけを重んじている。これ以上、警察へ忠告してもむだだから、マスコミに頼みたい。君たちが、ビクトリア・ヘイズを日本へ来ないようにさせるのだ。

彼が死ねば、日本とイギリスの友好にもひびが入るだろう。警視庁の馬鹿どもには、その理屈もわからないらしいからである。せめて、マスコミの諸君は賢明に推察し、警察に忠告してほしいと思う。

われわれが警視庁に送った二通の警告書を同封する。これが単なる悪戯や脅しでないことを、わかってほしいのだ。ビクトリア・ヘイズが再来日すれば、われわれは、必ず彼を殺す。望むことではないが、そのために、日本人も巻き添えにせざるをえなくなるだろう。

すでに使命に燃える何人もの戦士たちが、死を賭(か)けて、ビクトリア・ヘイズに鉄槌(てっつい)を下すべく待ち構えている。

再度、警告する。このことを、警察はよく考えるべきなのだ。

WRP　日本支部

三上は読み終わると、持って来た刑事に向かって、

「それで、新聞はこれを記事にするというのかね？」

「とにかく、警察の考え方をききたいといっています」

「仕方がない。会うといって来たまえ」

と、三上はいった。

警察がノーコメントといっても、新聞は書くだろうと思ったからである。

最近の犯罪者というのは、マスコミを利用して、自分の主張や行為を正当化しようとする。これも、その手の犯罪者の一人なのだろう。

記者たちの会見には、本多捜査一課長や十津川も、責任者として立ち会った。

「二通の脅迫状が来ていることは、間違いありません」

と、三上は、記者たちの質問に対して答えた。

「それで、警察として、どう対応するつもりですか？」

「悪戯の可能性もありますが、何といってもミスター・ヘイズは、英国の女王陛下か

らも愛されている作家です。万一のことがあっては大変なので、万全の警戒態勢を施くつもりでおります」

「脅迫状の犯人について、心当たりはあるのですか？」

「現在、鋭意、捜査を進めていますが、その正体は、つかめていません」

「長崎へ行くスケジュールを、変更するようなことはないんですか？」

「それは、ありません。脅迫状に怯えて変更されたと思われてしまいますし、今もいったように警備は万全です」

と、三上は胸を張ってみせた。

そのとき、K通信社の古手の記者が手を上げて、

「私が得た情報では、スコットランド・ヤードからミスター・ヘイズを守るために、ベテランの刑事が急遽やってくるということですが、この情報は間違いありませんか？」

と、きいた。

三上は顔色を変えて、本多捜査一課長を見、十津川を見た。

本多が、初耳だというように、小さく頭を横に振ってみせた。

「その情報は、間違いないんですか？」

と、三上は、疑わしげにK通信社の記者にきいた。

「うちのロンドン支局から、今朝、入ったニュースですよ。スコットランド・ヤードに聞いたといっているから、間違いないんじゃありませんか。なんでも、ミスター・ヘイズ自身が要請したということですよ。つまり、彼は日本の警察を、あまり信用してないんじゃありませんか？」

記者は、皮肉ないい方をした。

三上は、顔を赤くして、

「スコットランド・ヤードに、照会してみますよ」

と、いった。

3

記者会見が終わると、三上はすぐ、ロンドンのスコットランド・ヤードに連絡をとった。

ファックスで送られてきた回答は、次のとおりだった。

東京警視庁総監殿
　日本を親善訪問するビクトリア・ヘイズ氏夫妻に対し、WRPが、日本において危害を加える旨の脅迫状が寄せられていることを知り、当スコットランド・ヤードとしては夫妻の生命を守るため、J・ケンドリックス警部を派遣したいと思います。彼は、優秀な刑事であり、必ず日本の警察と協力して、犯人を逮捕するものと確信しております。

三上はそれを読むと、今度は、ケンドリックス警部の履歴とWRPの資料を送ってくれるように要請した。
この二つに対しても、直ちに回答が電送されてきた。

ジェイソン・ケンドリックス
　四十歳。身長二メートル。体重二百五ポンド。ケンブリッジ大学を卒業。在学中、ボート部の主将としてロンドンレガッタの優勝に貢献す。
　卒業後、三年間中国に遊学。帰国後、スコットランド・ヤードに入り、現在に至る。典型的な英国人を自任し、忍耐力に秀れ優秀な刑事であることは保証します。

三年前に結婚し、一児の父でもあります。

ＷＲＰについて

当初、ヘイズ氏の小説の中に出てくる架空の組織と思われていた。ヘイズ氏自身、ワールド・レボリューション・パーティ（世界革命党）の略語として使用し、創作であると語っている。しかし、氏の話によると、小説が発表されたあと何回か、ＷＲＰの署名入りの脅迫状が来るようになった。あるいはＷＲＰは、実在の組織かもしれず、たまたまヘイズ氏の創作したものと一致した可能性がある。氏が受け取った脅迫状には、二度とＷＲＰの名前を作品に登場させるなとあったが、氏は単なる悪戯と考え、二作目、三作目にも悪の組織として登場させた。その間、ヘイズ氏は二度、トラブルに巻き込まれている。一度目は、氏の運転していたジャガーのブレーキが利かずトラックに追突し、一ヵ月の負傷。ブレーキに細工した形跡があったが、何者の犯行かはわからなかった。二度目は、氏の夫人が誘拐されかけたが、このときも犯人は逮捕されていない。

Ｊ・ケンドリックス警部の顔写真も、電送されて来た。

紹介文には典型的な英国人とあったが、写真の顔は、十津川たちの描いている英国人とは違っていた。

山高帽やステッキより、ボクシングのグローブやスポーツ・カーが似合いそうだった。

「二メートルの巨漢か」

と、本多一課長が呟いた。

十津川が微笑したのは、本多が、捜査一課でいちばん背が低いからである。

その本多が、十津川に向かって、

「日本では、君と一緒に動くことになるはずだが、うまくやっていけるかね？」

と、心配そうにきいた。

「その点は、あまり心配していません。ただ、立って話をすると、首が疲れるでしょうね」

と、十津川はいった。

「君は、英語は大丈夫か？」

「ブロークンですが、インターポールに研修に行ったときは、何とか通じました」

「それなら、安心だな」

「まあ、気になる点があるとすれば、ミスター・ケンドリックスが日本の警察を、どの程度、信頼しているかという点です。信頼してくれていることを願いますが」

と、十津川はいった。

十津川には、ケンドリックス警部が、どれほど優秀な人間かわからない。スコットランド・ヤードを代表して派遣されてくるのだから、優秀ではあるだろう。だが協力する場合は、いかに優秀かより、いかにお互いに妥協できるかが、大切になってくるだろうと、十津川は思っていた。

十津川は、幸か不幸か、外国の刑事と一緒に事件を追ったことはない。お互いに人間同士だからと、一方で楽観しながら、一方では、相手の性格によっては、むずかしい仕事になるのではないかという予感もあった。

十津川は、もう少しケンドリックス警部についての情報がほしかった。どんな事件で活躍したかといったことより、何が好きか、女性観はどんなものなのか、休日には何をしているのかといったことを知りたかったのだが、その知らせが入って来ないうちに、十月六日になってしまった。

ＷＲＰの情報も、途絶えたままだった。

その日、十津川は、三上部長たちと一緒に、成田にヘイズ夫妻と、同行してくるケンドリックス警部を迎えに行った。

今年は秋が早いということだったが、意外に暖かく、十津川はコートを警視庁に置いていった。

車は二台、一台には三上と本多が乗り、もう一台には十津川が、亀井刑事と乗っていた。

万一に備え、空港には、前もって私服の刑事を十名、張り込ませてあった。

三人の乗ったロンドン発のＢＡ（英国航空）の便は定刻より一時間以上おくれて、午後一時すぎに姿を見せた。どうやら、出発地のロンドン空港で何かあっておくれたらしい。

ファーストクラスの乗客が、最初におりて来た。

その中に、ひときわ大きな男が混じっていた。だがその顔を見ると、写真のケンドリックス警部とは別人に見えた。

（おかしいな）

と、十津川は思い、なお注視していて気がついた。写真のケンドリックスにはひげがなかったのに、今、眼の前に歩いて来る大男は、鼻の下に美しいひげを生やしている。そのひげが、美髭とでもいうのか、あまりにもよく似合っているので、別人に見えてしまったのである。

日本なら、ファックス便の中に、「現在は、ひげを生やしている」と、几帳面に添え書きするところである。スコットランド・ヤードは、その点、大まかなのか、それともひげがあっても、すぐわかるだろうと思っているのか。

三上部長も迷った表情なので、十津川は小声で、「ひげですよ」と囁いた。

二メートルのケンドリックス警部のかげに隠れて見えなかったヘイズと奥さんの信子も、こちらに向かって、にこやかに手を振った。

ヘイズは、前に会ったときよりも、ひと回り太ったように見えた。

「コンニチハ」

と、ヘイズは、日本語で、まず、三上部長に挨拶し、太い腕を伸ばして握手をした。

続いて、本多、十津川と握手をしてくる。その間、大男のケンドリックスは、仁王のようにヘイズの背後に突っ立ち、鋭い視線を周囲に走らせている。

(いやに、ナーバスになっているな)

と、十津川は眉を寄せたが、ヘイズが、

「ロンドン空港で、われわれの飛行機に爆弾を仕掛けたという電話がありましてね。おかげで出発が、二時間もおくれてしまいました」

と、三上にいっているのを聞いて、ああ、それでかと、十津川は了解した。

ヘイズが、ケンドリックスを、「私の後輩で、現在のロンドン警視庁きっての敏腕刑事」と紹介した。

それに対して、三上が英語で、本多と十津川をケンドリックスに紹介したが、十津川のことは、「警視庁のもっとも優秀な刑事」といった。三上が、本気でそう思っているというより、どうも対抗上、賞めあげた感じだった。

十津川は、ケンドリックスと握手をしたが、改めて、大きな男だなと思った。背も高く、手も大きい。十津川は外国人、特に西欧の人間に対して精神的なコンプレックスを感じたことはまだないが、肉体的なコンプレックスを感じることは、しばしばだった。今日も、そんな気分にさせられた。

亀井を、十津川がケンドリックスに紹介した。

ケンドリックスがニコリともしないで、早口の英語で、

「君の部下は、中国人か？」

と、きいた。

そういえば、亀井はフィリピンへ一緒に行ったとき、中国人と間違われていた。小太りで丸顔なので、中国の大人風に見えるのだろう。

「いや、日本人だ」

と、十津川はいった。

「マイ、ネーム、カメイ。グラッド、ツー、スイ、ユー」

亀井は、日本人的な発音でいった。

一瞬、ケンドリックスは亀井の英語がわからなかったのか、眉を寄せて小さく首を振ったが、亀井の表情で察しがついたらしく、

「よろしく」

と、キングス・イングリッシュで短くいった。

亀井は嬉しそうにニッコリし、十津川に小声で、

「心配していたんですが、何とか私の英語が通じました」

「人間同士だから、通じるさ」

と、十津川は軽く亀井の肩を叩いた。が、十津川自身、あまり英語に自信がないのだ。

「すぐ、会議を持ちたい」

と、ケンドリックスがいった。

「会議？」

「そうです。早急に、今後の方針を検討したいのです」

「わかりました」

と、三上部長は戸惑(とまど)いながら肯(うなず)いた。


警視庁の刑事部長室で、ケンドリックスの要求する会議がもたれた。

「最初に、申し上げておきたいことがあります」

と、会議の冒頭(ぼうとう)、ケンドリックスが改まった口調で切り出した。

警視庁が用意した通訳が、といっても、以前来日したヘイズのときの酒井信子刑事と同じく、英語に堪能(たんのう)な北条早苗(ほうじょうさなえ)刑事が、ケンドリックスの言葉を通訳した。

「何ですか？」

と、三上が眉を寄せて、ケンドリックスを見た。

「私が、ヘイズ夫妻に同行して日本に来たのは、英国の名誉を守るためだということです」

「ミスター・ケンドリックス。われわれだって、日本の名誉のために、ヘイズ夫妻をガードするんですよ」

「失礼だが、名誉の重みが違うような気がしますが」

と、ケンドリックスはいう。北条刑事が、通訳しながら心配そうに三上を見たのは、彼が怒りはしないかと思ったからだろう。

三上は、案の定、むっとした顔になったが、

「どう違うといわれるんですか？」

「歴史が、まず違いますね。わがスコットランド・ヤードは、一八二九年に、時の内務大臣の下に首都警察として設けられたもので、百六十年の歴史がある。日本の警察は、確か一八七四年に、やっと設けられたと聞いています。その間四十五年、半世紀近い差がある。したがって――」

「失礼だが――」

と、三上が遠慮がちに口を挟んだ。

ケンドリックスが、じろりと三上を睨む。

三上は、必死に相手を睨み返して、

「確かに、警視庁としての歴史はスコットランド・ヤードに及ばんとしても、江戸時代までさかのぼれば、今の東京を南北の二つに分け、北と南の奉行が交代で市中の取

締まりに当たっていたのです。そのときから計算すれば、わが日本のほうがはるかに古い」

と、主張した。

こうなると、意地の突っ張り合いになってしまいそうである。まだ、お互いの協力態勢ができていないのにと、十津川が心配を始めたとき、ヘイズも同じ危険を感じたようで、

「お互いに、歴史のある国だということはわかったから、話を前に進めようじゃありませんか」

と、口を挟んだ。

北条早苗が、ほっとした表情になって、日本語に通訳した。

気の弱い三上も、助かったという顔になったのだが、ケンドリックスだけは、相変わらず青い眼で三上を睨んで、

「スコットランド・ヤードが、世界最古でかつ、最強の警察組織であることは、世界中が認めているはずである。それを否定されたのでは、心から日本の警察に協力する気にはなれない」

と、演説口調でいった。

「私は、別にスコットランド・ヤードを悪くいう気はありません。もともと、われわれはスコットランド・ヤードを手本にして、犯罪捜査に当たっているわけです」

三上は、相手の態度に気圧(けお)された感じで、お世辞をいった。

「ミスター・ケンドリックス。これで了解して、先へ進めようじゃないか。大事なことは、WRPという組織の正体を解明し、これを壊滅(かいめつ)させることだからね」

と、ヘイズが笑顔でいった。

彼も、いくらかケンドリックスの頑固(がんこ)さを持て余しているようだった。

「いいでしょう」

と、ケンドリックスが、重々しくいった。

まず、英訳された二通の脅迫状が、ヘイズとケンドリックスに、三上から渡された。

「日本にも、同じ組織が存在していたのは驚きですよ」

と、ヘイズは憮然(ぶぜん)とした顔でいった。

ケンドリックスは、脅迫状から眼をあげて三上を見、十津川を見た。

「この脅迫状の犯人について、何か手掛かりをつかんでいますか？」

と、きいた。

三上は十津川を見た。君から説明しろという表情だった。

「ＷＲＰという組織が、今まで、日本に存在したという記録はありません」

と、十津川は日本語でいった。それを早苗が通訳する。彼が英語を使わなかったのは、ちょっとしたいい間違いで、捜査に支障を来たしてはならないと思ったからである。

「確かに、犯人像は二つ考えられます。一つは、イギリスのＷＲＰ組織の人間が、ミスター・ヘイズと奥さんを殺そうと来日しているのか、あるいは、ミスター・ヘイズの小説を読んで、中に出てくるＷＲＰという組織を脅迫に使ったかということです。後者の場合は、手紙の主は日本人だと思います。ただその場合、なぜ、日本人がヘイズ夫妻を憎むのか、その理由がわかりません」

「偏狭な愛国心じゃありませんか？」

と、ケンドリックスがいった。

「どういう意味ですか？」

「私の父は、第二次大戦が始まった頃、シンガポールに軍人として派遣されていて、日本軍の捕虜となった。そのときの体験から、日本人というのは、自分の愛国心を敵を攻撃することでしか、表現できない人間だと、戦後、私は父に教えられた。敵を痛めつければつけるほど、強い愛国心の持ち主だと見られる。そのため、異常に残酷になる民族だとね。今度もそれではないのかと、私は思うのですよ」

「まだよくわかりませんが」

と、三上は首をかしげて、ケンドリックスを見た。

ケンドリックスは、小さく咳払いしてから、

「日本人は、同じアジア人に対しているときは、非常にリラックスしている。中国で、そんな日本人を何人も見て来ましたよ。ところが、われわれヨーロッパ人と向かいあうと、急に畏縮してしまう。それが勇敢になる場合と、まったく逆に、私から見ると、わけのわからない攻撃的な態度となる場合の二つに分かれるというのが、私が観察した結論です。もし、この犯人が日本人で、イギリスのWRPと無関係なら、それは、今申しあげたように偏狭的な愛国心の持ち主と考えます。単独か複数かわかりませんが、ミスター・ヘイズを攻撃すべき白人の代表と見ているに違いありません。彼と奥さんを殺すことで、WRPまたは、彼らの愛国心がたいへん満足させられるわけですよ」

「まだ、日本人だけの組織と決まったわけじゃありません」

と、十津川はいった。

「先へ進めてください」

と、ヘイズがいった。

「残るのは、イギリスのWRPと日本人が、協力しているケースです」

「イギリス人だけの組織ということは、考えられませんか？」

と、ヘイズがきく。

「可能性はゼロではありませんが、まずあり得ないと思っています。というのは、この二通の脅迫状の日本語はぎくしゃくしたところがないからです。いろいろな形は考えられますが、いずれにしろ日本人が荷担していることは、間違いないと思われます」

十津川は、自信を持っていった。

「ヘイズ夫妻のスケジュールは、日本側で立てられたと聞いていますが、それを教えていただきたい」

と、ケンドリックスはニコリともしないでいった。

亀井がコピーしたものを、全員に配った。それに十津川は補足して、

「今、ミスター・ケンドリックスは日本側がスケジュールを立てたといわれたが、これは正確ではありません。これは、ミスター・ヘイズが長崎を取材したいといわれた

ので、われわれがスケジュールを立てたわけですし、電話で、常にヘイズ夫妻と相談しながら作ったものです」

と、いった。

配布されたスケジュールは、次のようなものだった。

十月七日
一六時四〇分　東京発寝台特急「さくら」乗車

十月八日
八時〇九分　博多着
九時一五分　「オランダ村特急」乗車
一一時一五分　佐世保着　シャトルバスで、高速船乗り場へ
一二時〇〇分　直行高速船乗船
一二時五〇分　長崎オランダ村着
　オランダ村見物、長崎市内で一泊

十月九日
リムジンにて、長崎市内見物、一泊
十月十日
同じく、リムジンにて市内見物、一泊
十月十一日
一五時二〇分　長崎発　ＡＮＡ164便搭乗
一六時二五分　大阪着
一九時一五分　ロンドン行きのＢＡに搭乗

「いくつか質問してかまいませんか？」

と、ケンドリックスが、むずかしい顔で十津川を見た。

「どうぞ。われわれも、あなたと話し合って、警備を完全なものにしたいと思っています」

「東京―博多（福岡）間を、寝台列車にした理由は何ですか？　飛行機の便はないんですか？」

ケンドリックスは、日本の地図を見ながらきいた。

「東京―博多間には、もちろん飛行機は飛んでいます。ただ、『オランダ村特急』に乗るための時間的に都合のいい便がないのと、ヘイズ夫妻がなるべく列車を利用したいといわれたからです」

「ロンドンから十何時間も飛行機にゆられて来て、うんざりしているからね」

と、ヘイズが笑いながらいった。

ケンドリックスは、相変わらずニコリともしないで、

「列車の警備は、完全ですか？」

と、切り口上で、十津川にきいた。

「その判断は、相手の力がどの程度のものかによって違って来ます。『さくら』には、四人用のコンパートメント八室で構成されている車両が、ついていますが、その三つのコンパートメントを手配しました」

「すると、残りの五つのコンパートメントには、ほかの乗客が乗るわけですか？」

「そうです」

「この列車全部をチャーターしろとはいわないが、一つの車両を買い占めることはで

きなかったんですか？」

「時間がないので不可能です。一ヵ月おくらせていただければ、何とかできますが」

と、十津川がいうと、ヘイズは強く手を振って、

「それは不可能です。ヨーロッパでの仕事があるので、どうしても十月十二日にはロンドンに帰っていなければならんのですよ。それに、私が予定を変更すれば、WRPの連中が、脅迫を恐れて変更したと宣伝するに決まっている。それでは、いかなる悪にも立ち向かうという、私の信念に反してしまうことになります」

「このスケジュールは、公表されているんですか？」

ケンドリックスが、冷静な口調できいた。

「週刊誌にのりました」

と、十津川がいうと、ケンドリックスは眼をむいて、

「なぜ、そんなことになってしまったんですか？　まさか日本の警察がリークしたんじゃないでしょうね？」

と、いった。

十津川は、苦笑した。

「ミスター・ヘイズは、今度の来日中に、氏の本を出版した出版社の人間と列車内で

会うことになっています。それからホテルで、日本の作家との対談も計画されていま
す。ＷＲＰの脅迫状が来る前ですので、これは、イギリスのベストセラー作家の歓迎
ということで、週刊誌にのったわけです」

「私だって、まさか、こんなことになるとは思わないからね」

と、ヘイズもいった。

「列車内での対談などは、当然、中止されるんでしょうね？」

ケンドリックスがきいた。

十津川は、ヘイズに眼をやって、

「これは、警察が強制することではないので、ヘイズ夫妻の意志にかかっています。
われわれとしては、夫妻が誰にも会わずに旅行してくだされば、警備は楽ですが、そ
れを強制するわけにはいきません」

「私は、計画を変更する気はありませんね。私は、強い男でいたい。イギリスのジェ
ントルマンは、教養に富み、かつ強くなければならないのです。精神的にも肉体的に
もです。私は、今、五十代なかばですが、毎日身体を鍛えています。それもいざとい
うとき、戦う男、戦う紳士でいたいからです。ＷＲＰからの脅迫に屈して予定を変更
することは、紳士としての誇りを破棄するもので、絶対にできません。ミスター・十

津川もサムライの子孫なら、その気持ちはおわかりのはずだ」

「わかりますが、われわれとしては、あなたを危険にさらすわけにはいかんのです」

「大丈夫ですよ。会う相手はわかっているんだから」

「その相手の名前と写真、それに経歴を教えていただきたい。できれば、政治信条もです」

ケンドリックスは、相変わらず厳しい表情で要求した。

（イギリス人のユーモアは、嘘なのか？）

と、十津川は思いながら、用意された人名表を、相手に渡した。

今度の旅行中、ヘイズと妻の信子が会うことになっている人間のリストである。

十月七日　（寝台特急「さくら」の車内で）

やまと出版出版部部長、久保敬（くぼたかし）、カメラマン一人。

ヘイズ夫人信子へのインタビューは、同じく車内で、女性週刊誌「メイクアップ」の女性記者と。カメラマン同行。

十月九日　（ホテルにて）

夕食後、日本の作家小磯雄太郎（こいそゆうたろう）と対談。

通訳（ヘイズの著作の翻訳者）、カメラマン同行。
十月十日（ホテルにて）
夕食後、イギリス、アメリカ人協会（日本にいる英、米人の親睦団体）の二人と対談。
ジョーン・ハザウェイ（イギリス）
マイケル・クラントン（アメリカ）

「やまと出版の久保さんは年齢四十二歳、有名な私立大学の英文科を出て、出版の仕事をやっています。彼とミスター・ヘイズは、すでに何回も会われているはずです。同行するカメラマンの名前は、わかりません」

と、十津川はいった。

「なぜ、カメラマンの名前はわからないのですか？」

と、例によって、ケンドリックスが細かく質問してくる。

「カメラマンは、専属でなくフリーですから、その日に、手のあいているカメラマンに頼むことになるので、当日にならなければ氏名はわかりません。ほかの二件も同じです」

「ヘイズ夫人へのインタビュアーの名前は、わかりませんか？」

ケンドリックスは、スケジュール表に細かな字で書き込みながらきく。

「安藤みや子という女性記者です。年齢は二十八歳。アメリカの大学を出た女性です」

「ミスター・小磯という作家は、どんな人間ですか？　どこの国でも、作家の中には過激な思想の持ち主がいるものだが、彼はどうですか？」

「三十五歳の若い作家です。二十代のとき世界を放浪し、二十九歳から小説を書き始めました。作品は、現在までに十一冊で、日本の作家としては少ないほうです。その何冊かを私も読んでみましたが、ハードボイルド・タッチで、国際謀略戦といったものを書いていて、なかなか面白いものです」

「しかし、作家の立場というものは出ているわけでしょう？　国際テロ集団に同情的な作家なのかどうか、わかりませんか？」

「彼は、思想よりも人間に興味を持っているんだと思いますね。体制側にも、テロ集団にも、いい人間がいるし、悪い人間もいるという書き方です」

「それはおかしいですね。テロを否定するのか、肯定するのか、どちらかになるはずですがね」

と、ケンドリックスは、眉を寄せて十津川を見た。

十津川は、当惑した顔で、

「彼は、ある作品では体制側から書き、ある場合にはテロリストの側から書いていますからね。ときには、巻き込まれた日本人が主人公という作品もありますから」

「すると、この作家には主体性がないのですか？　作家が小説を書くという行為は、自然に思想の表現になってしまうものでしょう？」

ケンドリックスは、まるで十津川に文句をいうみたいなきき方をする。十津川は内心、苦笑しながらも生真面目（きまじめ）に、

「作家というのは、日本でも反体制的な考えを持っているようですが、だからといって、それが即（そく）、テロを肯定ということではありません。この作家も、同じだと思いますね」

「何かの組織に入っているということはないんですか？」

「作家の親睦（しんぼく）団体には入っているようですが、特定の政党に入っているということは、ないようです」

「通訳のほうは？」

「それは、大丈夫でしょう。大学の先生ですが、ミスター・ヘイズの作品に惚（ほ）れて翻

訳したといっていますから、危害を加える恐れはないと思っています」

「それは、甘いかもしれませんね」

「なぜですか、この翻訳者は竹田(たけだ)というんですが、あとがきで、自分はこの作品が好きだといっているんです」

「あなたは、刑事のくせに、そんな言葉を信用するわけですか？」

ケンドリックスは、皮肉な眼つきになった。

「私は、この先生に会ってないので、書いたものを信用するしかないのですがね」

「日本の警察は、意外に杜撰(ずさん)ですね。スコットランド・ヤードは、全員と会って徹底的に調べますがね」

「竹田先生は今、アメリカでしてね、十月七日に帰国するので、会いたくても会えなかったんです」

と、十津川はいった。

ケンドリックスは、それでも、

「電話で、話をすることはできたはずですよ」

といって、十津川をうんざりさせた。

「問題はむしろ、十月十日に会う二人のほうでしょう」

と、本多一課長が助け舟を出した。

ケンドリックスは、厳しい眼を、今度は本多に向けて、

「この二人についても、調査はされていないんですか？」

「一応の調査はしましたが、アメリカ人のマイケルさんは東京のアメリカ大使館に勤めている人ですし、イギリス人のジョーンさんはイギリスの新聞社の東京特派員です。たった一回会っただけでは、どんな人間かはわかりません」

「その二人が、なぜ、ミスター・ヘイズにインタビューするんですか？」

「それは、ヘイズさん自身がよくご存じと思いますよ」

と、本多がいい、ヘイズがその言葉を引き取る格好で、

「東京在住のイギリス、アメリカ人仲間で、英語の会報を出しているんだ。月一回ね。イギリスやアメリカから有名人が来日したりすると、インタビューして、それを会報にのせる。私も有名人ということで、長崎まで、二人でインタビューに来てくれるというわけだよ」

と、ケンドリックスにいった。

「では、あなたは、この二人をよくご存じですか？」

ケンドリックスは、丁寧にきいた。スコットランド・ヤードの先輩に対する礼儀な

のか、それとも作家としてのヘイズへの畏敬なのか、多分、その両方なのだろう。

「いや、正直にいうと、この二人に会ったことはないんだ。ロンドンにいるとき、東京のミスター・ジョーンから電話が入ってね。今度、来日すると聞いたので、そのとき、長崎でインタビューしたいといわれたんだ。彼がデイリー・ロンドンの特派員だということもいったし、会報のことも聞いた」

「アメリカ大使館のミスター・マイケルは、なぜ、一緒にインタビューに来るんですか？」

「今もいったように、一緒に会報を出しているからだろうし、私の作品は、アメリカでもベストセラーになっているからね」

「彼のことも、よく知らないんですね？」

「ああ、そうだ。知っているのは、東京のアメリカ大使館員だということだけだよ」

と、ヘイズはいった。

「危険ですな」

とケンドリックスは、重々しい口調でいった。

「そうかもしれんが、私は予定を変更しないよ」

と、ヘイズは宣言するようにいった。

第二章　長崎行き「さくら」

1

ヘイズ夫妻とケンドリックスは、四谷(よつや)のホテルに引き揚げた。もちろん、日本の刑事四人がこのホテルの警備についている。

明日の午後四時四十分には、寝台特急「さくら」に乗るのである。

今日から、十月十一日、あの夫妻を飛行機に乗せるまで、緊張が続くのだ。

「問題は、ＷＲＰの正体ですね」

と、亀井がいった。

「それが、まったくわからなくて困るんだよ。スコットランド・ヤードからの回答でも、実態は不明だといっているし、日本の外務省でもわからないといっている」

十津川は、溜息をついた。

「肝心のミスター・ヘイズも、知らないんでしょうか？」

「何回かきいてみたんだがね、実在しないと思って、WRPという架空の団体を作ったといっているんだ。小説の中で悪の組織を書いたが、架空の組織だから、どこからも文句は来ないと思っていたら、突然、脅迫状が舞い込み始めて驚いているというんだよ」

「本当に、彼は知らなかったんでしょうか？」

と、亀井がきいた。

十津川は、「え？」という顔になって、

「カメさんは、なぜそんなことを考えるんだね？」

「今は、何事も宣伝の時代です。WRPという過激な組織があるのを知っていて、わざと刺激するような小説を書けば、当然、連中は怒って、脅迫をして来たり、暴れたりする。格好の宣伝になりますよ」

「しかし、命の危険もあるよ」

「それはありますが、スコットランド・ヤードや、われわれ日本の警察が、面子（メンツ）にかけて守るんですから、安心しているんじゃありませんか」

と、亀井は皮肉をいった。

十津川は、小さく首を振って、

「しかし、ミスター・ヘイズの知っている組織なら、当然、スコットランド・ヤードも知っているはずだよ。そのスコットランド・ヤードがわからないというのだから、新しい組織だと思うがね」

「日本で脅迫状が来たということは、どう考えられますか？」

「日本人の中にシンパがいるということなのだろうが、どの程度イギリスの組織とつながっているのかがわからん。それにイギリスから、組織の人間が、日本にやって来ているのかどうかもね」

「最近は、外国人がたくさん来ていますから、警戒は大変ですよ。今、ヘイズ夫妻が泊まっている四谷のホテルにだって、さっききいたら、外国人客が全体の三割を占めているといっていました」

「そうだろうね。それと、相手がヨーロッパ人だけとは限らないんだ。組織の中に、アジア人、日本人がいるかもしれないからね」

「ミスター・ヘイズは、なぜ、危険を承知で長崎へ行こうとしているんでしょうか？私なら、取りやめますが」

「彼は、面子の問題だといっていたじゃないか。イギリス紳士は、絶対に脅迫に屈しないと、息巻いていたからね」

「それだけで、長崎に行きたいんですかね？」

「奥さんの故郷でもあるし、長崎を舞台に、次の作品を書きたいともいっていたよ」

「酒井信子の故郷は、長崎でしたね」

「そうだよ」

「彼女は、今度の脅迫やＷＲＰのことを、どう思っているんでしょうか？　元刑事といっても、今は普通の奥さんだから、怖いんじゃないかと思うんですが」

と、亀井はいった。

十津川は笑って、

「彼女の気の強さを忘れたのかい？」

「そうでしたね。彼女なら、脅迫ぐらい平気かもしれませんね」

と、亀井も笑った。

十津川の知っている酒井信子は、日本的な顔立ちに似合わず、気が強く、上司にも食ってかかったことがある女性である。

「夫婦で、ＷＲＰの連中を捕まえる気かもしれませんね」

と、亀井はいった。

「あまり、勇ましい気持ちになられると困るんだよ。現在は、彼女はもう刑事じゃないし、ミスター・ヘイズだって、民間人なんだからね」

と、十津川がいったとき、本多一課長が部屋に入って来た。

本多は、二人に向かって、

「大変だろうが、明日から頼むよ」

「スコットランド・ヤードのケンドリックス警部と仲良くやっていけるかどうか、そのほうが心配です」

と、十津川はいった。

「そうだね。どうも、頑固で融通性のない男みたいだから、こっちが妥協していくより仕方がないだろう」

「しかし課長、妥協できないこともあります」

と、亀井がいった。

「わかってるよ」

と、本多は肯いてから、十津川に、

「そのケンドリックス警部から、さっそく、電話で要求が出されてきたよ」

「どんな要求ですか？」

「旅行中、拳銃の携行を許可してほしいといって来ている」

「仕方がないと思います。どんな危険が待ち構えているかわかりませんから」

「問題は、ミスター・ヘイズも、護身用に拳銃を持ちたいといっているんだよ」

「彼は、民間人です」

「ああ、そうだ。だが、危険な旅であることは間違いないんだ」

「だから、われわれが、彼を守ろうとしているわけです」

「私も、それをいったんだがね。イギリス大使館からも、同じ要請が来たんだよ。明日から日本を離れるまでの間、護身用に、オートマチックを持たせてほしいとね」

「それで、許可されたんですか？」

「私には、そんな権限はない。上のほうで、特別に許可したんだ。君たちも、そのつもりでいてくれたまえ」

「まさか、奥さんまで、拳銃を持っているんじゃないでしょうね？」

と、亀井がきいた。

本多は、笑って、

「そこまでの要求は、して来てないよ」

「それを聞いて、ほっとしました」

と、亀井も笑ったのは、刑事時代の信子の拳銃の腕が悪かったからだった。そんな彼女に拳銃を持たせたら危なくて仕方がないと、亀井は思ったに違いない。

午後十時に、ホテルに詰めている西本(にしもと)刑事から連絡が入った。

「こちらは、何の動きもありません。ヘイズ夫妻に脅迫の電話も掛かって来ませんし、怪しい人間が近づく気配もありません」

「ヘイズ夫妻とミスター・ケンドリックスは、どうしているかね？」

と、十津川がきいた。

「奥さんは早々と自分の部屋に入っていますが、ミスター・ヘイズとケンドリックス警部は、今まで人とホテルのバーで飲んでいました」

「どこの誰とだね？」

「英国大使が敬意を表しにやって来て、二人はバーで話し込んでいたんです」

「間違いなく英国大使だったのかね？」

「それは間違いありません」

「たとえ大使でも、こちらに何の連絡もなく、勝手に会ってもらっては困るね」

十津川は、渋面(じゅうめん)をつくっていた。

「私もそう思ったんですが、何しろ相手は英国大使ですから、駄目だというわけにもいかなくて――」

と、西本がいった。

「どんな話をしていたのか、わかるかね？」

「バーテンの話では、英国大使もミスター・ヘイズのファンらしく、作品について喋(しゃべ)っていたそうです」

「大使は、一人で来たのか？」

「いえ、書記官が一緒でした」

「その書記官は？」

「ミスター・ヘイズに記念品を渡したあと、ロビーで待っていましたが、今、大使と一緒に帰りました」

と、西本はいったが、急にあわてた様子で、

「ちょっと待ってください！」

と、叫んだ。

「どうしたんだ？」

不安を覚えて、十津川がきく。

西本はそれには答えず、電話の向こうで、一緒にホテルに行っている同僚の日下(くさか)刑事に向かって、

「おい、何があったんだ？」

と、きいている。

何か答えている日下の声は、聞こえなかった。

十津川は、緊張した顔で受話器を耳に押しつけた。

「車がどうしたんだ？」

と、西本がきいている声が、遠くから聞こえた。受話器を放して、日下と話しているらしい。

「おい！　返事をしろ！」

と、十津川が怒鳴った。

やっと、西本の声が電話に戻って来た。

「事件が起きました」

西本が、うわずった声を出した。

「事件？」

「駐車場にとめてあったイギリス大使の車ですが、大使と書記官が戻ると、フロント

ガラスに貼り紙がしてあったことがわかりました。英語で『ヘイズの味方をする者は、殺す。WRP』と、書いてあったというのです。今、日下刑事と清水刑事が、駐車場へ見に行っています」

「車には、運転手がいたんじゃないのかね？」

「プライベイトな訪問なので、書記官が運転して来たそうなんです」

「駐車場には、誰でも自由に出入りできるのかね？」

「それも、今、日下刑事たちが調べています。わかり次第、報告します」

「貼り紙も、ファックスで送ってくれ」

と、十津川はいった。

三十分ほどして、警視庁のファックスが受信を始めた。

葉書大の紙に、西本のいうように英語で、

〈ヘイズの味方をする者は、殺す。WRP〉

と、タイプされていた。

日下刑事の電話も、入った。

「問題の駐車場は、ホテルの前庭にありまして、入ろうと思えば、誰でも入れます。別に、柵（さく）があるわけではありませんし、係員もいませんから」

と、いう。

「目撃者は、いないのか？」

「時間が時間ですから、見つかりません」

「この脅迫文のことを、ミスター・ヘイズとケンドリックスは、何といってるかね？」

「意外と平静ですね。このくらいの脅迫はあるだろうと予想していたみたいです」

「指紋の検出は？」

「今、鑑識が来て調べてくれていますが、どうやら、指紋は検出されないようです。犯人は、おそらく手袋をはめていたんだと思います」

「このあとも、十分に注意していてくれ」

と、十津川はいって、電話を切った。

「今夜は、ゆっくり眠れそうもありませんね」

亀井が、コーヒーをいれてくれながらいう。

「明日から大変だと思ったが、敵は、今夜から仕掛けて来てるんだ」

「大使はどうしてる？　もし、大使が殺されるようなことがあれば、大変ですが」

「敵の狙いは、あくまでミスター・ヘイズと奥さんで、英国大使を殺すとは思えないが、一応、パトカーを二台、ホテルへ急行させて、護衛させよう」

と、十津川はいった。

本気で大使を殺す気なら、脅迫文を貼りつける代わりに爆弾を仕掛けたろう、と十津川は思った。

すぐ、パトカー二台がホテルに急行した。大使と書記官を、無事に大使館へ送り届けるためである。

そのあと十津川は、英文の脅迫状と、前に二通送られて来た日本語の脅迫状を並べて、見比べた。

英語と日本語では、同一人が出したものか、断定はむずかしかった。ワープロと英文タイプで書かれているから、なおさらである。

「いずれにしろ、WRPの人間が出したことだけは、間違いないはずだ」

と、十津川はいった。

コーヒーを飲む。煙草に火をつけて、十津川は部屋の中をゆっくりと歩き回った。

WRPと名乗る連中の顔を、頭に思い浮かべてみようとした。

いつもなら、何となく、犯人の姿が思い浮かべられるのだが、今度は、どうしてもぼやけてしまう。相手が単独犯ではなく、一つの組織ということがあるし、どうやら、日本人だけではないということがある。それが、十津川に、はっきりした犯人像を結ばせないのだ。

英国大使と書記官が、二台のパトカーに守られて、無事、大使館に戻ったと報告があったのは、十二時近かった。

「明日のために、眠ったほうがいいな」

と、十津川は亀井に声をかけた。

2

翌十月七日は、朝方、細かい秋雨(あきさめ)が降っていたが、昼過ぎになると、晴れ間が見えてきて暖かくなった。

西本たち四人は、時間になって、ホテルから東京駅にヘイズ夫妻を護衛しにくることになっていた。

十津川と亀井は、先に東京駅に行き、駅長に交渉して、特別な地下通路を通って、

「さくら」が出発する十番線ホームに行かせてくれるように頼んだ。

各国の首相などが、東京駅から乗車するとき使用する地下通路である。最初、駅長はむずかしいといったが、それは駅員を集めたり、VIP用に絨毯を敷いたりしなければならないのではないかと考えたかららしかった。

十津川が、とにかく安全のためで、ただ通路を通ればいいと説明したのと、英国大使の名前を出したりしたので、やっと許可してくれた。

午後四時に、ヘイズ夫妻たちが到着した。大使館のロールス・ロイスである。昨夜の書記官も、同行していた。

十津川と亀井、それに、東京駅の助役の三人が特別の地下通路に案内した。

「VIP待遇ですな」

と、ヘイズはニコニコ笑っていたが、西本は十津川に小声で、

「あの小説家には、参りました」

と、こぼした。

十津川は、がらんとした地下道をヘイズたちについて歩きながら、

「何かあったのか？」

「勝手な行動をとるので困ります。日本の警察を軽視しているとしか思えません」

「それで？」

と、十津川は冷静にきいた。

「今日は、最初、ヘイズ夫妻とケンドリックス警部は、覆面パトカーで送ることになっていたので、用意して待っていたんです。それなのに、時間ぎりぎりになって、イギリス大使館の車がやって来たんです。その間、われわれには何の連絡もなしにです。それに、危険だというのにロールスにイギリスの国旗をつけて走るなんて、何を考えているのかわかりません」

西本は、憮然とした顔でいう。

「英国大使館が気を利かせて、ロールスを派遣したんじゃないのかね？　何といっても、サッチャーさんがファンの作家だからね」

と、十津川がいうと、北条早苗刑事が横から、

「それがどうも違うようですわ。書記官が運転手と話しているのを聞いたんですけど、ミスター・ヘイズのほうから車を出させたみたいです」

「しかし、昨夜は大使が、わざわざ彼に会いに来ていたじゃないか」

「それも、どうやらミスター・ヘイズのほうから要求したんじゃないかと思いますわ」

と、北条刑事はいった。

「本当かね？」

「これは、私の勝手な推測かもしれません。大使は、ミスター・ヘイズのことを賞賛していましたけど、あまり嬉しそうじゃありませんでしたわ」

「あの大使は、いつも苦虫(にがむし)を噛みつぶしたような顔をしてるらしいよ」

と、十津川はいった。

一行は、地下通路から十番線ホームにあがった。

湘南(しょうなん)電車の発車するホームである。十四両編成の青い車体は何度も見ているのだが、それでもやはり、旅情を誘うものがあって、一瞬十津川をセンチメンタルにさせた。

一号車から八号車までが長崎行き、九号車から一四号車が佐世保行きで、十津川が用意した四人用の個室は三号車である。

助役が、ヘイズ夫妻を三号車に誘導して行ったが、そこで外国人の観光客の一団につかまってしまった。

どうやら、同じ「さくら」に乗って、九州へ行く若い四人連れで、その中の一人がヘイズを見つけて声をかけて来たのだ。

二十代の男女である。ケンドリックスが彼らを押しのけようとしたが、ヘイズがそれを手で制し、嬉しそうに、彼らと話し始めた。

若い女が、リュックサックからスケッチブックを取り出し、それにサインをもらっている。

話の様子では、男二人、女二人の若者たちはアメリカの大学生で、一週間の予定で九州を周遊してくるらしい。

ホームにいた日本人の乗客たちが、何だろうという顔でこちらを見守っている。

そのうちに、ヘイズは、四人の学生たちと記念写真を撮り始めた。

ケンドリックスは、次第に険しい表情になって、

「ミスター・ヘイズ、そろそろ乗っていただかないと困ります」

と、声をかけた。

ヘイズは、「わかっている」と、うるさそうに手を振ってから、学生たちに向かって、

「また、列車の中で」

と、微笑した。

「困った人だ」

ケンドリックスが小さく呟くのが、十津川の耳に聞こえた。

ヘイズ夫妻を先頭にして三号車に乗り始めたとき、二人の男が階段を駆け上って来た。若いほうが、大きなカメラケースを肩からぶらさげている。息をはずませながら三号車のほうに乗って来ると、

「ミスター・ヘイズ！」

と、中年の男が大声で呼んだ。ヘイズの本を出しているやまと出版の久保と、カメラマンだった。

三号車の通路で挨拶が交わされ、午後七時から、食堂車でインタビューということが決まった。

久保とカメラマンが通路から消えると、やっとヘイズ夫妻が十津川の用意した2号室に入ってくれた。

四人用の「カルテット」があるのは、三号車一両だけで、通路に沿って1号室から8号室まである。

十津川は、トイレに近い1号室に、西本、日下、清水、それに北条早苗の四人の部下を入れ、2号室にヘイズ夫妻とケンドリックス、そして、3号室に十津川と亀井と

いう配置にした。それがいちばん、警備しやすいと考えたからだった。

一六時四〇分、定刻に、「さくら」は東京駅を発車した。

十津川と亀井は通路に立って、窓の外をホームの景色が流れていくのを見守っていた。

「始まりましたね」

と、亀井が緊張した声でいった。

「ああ」

と、十津川は短く肯いた。多分、よく眠れない五日間が続くに違いない。

二人は、通りかかった車掌長をつかまえて、4号室から8号室までの乗客のことをきいた。

「4号室と5号室は大阪から乗って来るお客様で、7号室はアメリカの若い学生さん四人で、佐世保まで乗って行かれます」

と、山下という車掌長が、丁寧に答えてくれた。

「8号室は？」

「博多までの親子三人のお客様です。お子さんは、まだ、二つか三つの女の子です」

「すると、両親も若いですね？」

「ええ、若いご両親ですよ」

と、山下車掌長は微笑した。

「4号室と5号室ですが、どんな乗客かわかりませんか？」

十津川が、きいた。

列車はスピードをあげていく。山下車掌長は、当惑した顔で、

「わかりませんね。このカルテットは、四人分の料金をお払いいただければ、一人でお乗りになってもかまいませんので」

「一人で乗る客もいるんですか？」

「たまには、いらっしゃいます。広くて気持ちがいいとおっしゃって」

と、山下はいってから、

「この列車で、何か起こると思っていらっしゃるんですか？」

と、不安げにきいた。

「いや、何も起こらないと思いますよ」

十津川は、安心させるように微笑してみせた。

亀井は、自分の手帳に7号室、8号室の乗客のことを書き込んでいる。

アメリカの学生四人は、さっきホームで見かけたから、顔や身体つきは、はっきり

覚えていた。幼い子供連れは、部屋に入ったまま出て来ないが、まあ、脅迫状の主の可能性は薄そうである。

「大阪着は、何時でしたかね？」

と、亀井がきいた。

「確か、二三時二六分だよ」

「夜中ですね」

「そうだ。おそらく、大半の乗客は眠っているだろう」

「そんなときに乗ってくる乗客というのは、気になりますね」

と、亀井はいった。

大阪駅のホームにも、乗客は殆(ほとん)どいないだろう。とすれば、拳銃を持っていても、怪しまれずにゆっくり乗り込めるのではないか。

急ににぎやかな声がして、四人のアメリカ人学生が四号車のほうから入って来た。

彼らは、「ここだ。ここだ」と大声でいいながら、7号室を開けた。

ドアが閉まっても、中から大きな声が聞こえてくる。明るい笑い声がひびいてくる。

「どう思います？」

と、亀井が小声できいた。

「一見すると、屈託のない旅行好きのアメリカの大学生に見えるがねえ」

「しかし、若者は特定のイデオロギーに影響されやすいですから。それに、本当にアメリカの学生かどうかも、不明だと思いますね」

「そうかもしれないが、事件が起きてないのに、パスポートを見せろとか、学生証を出せとか、いえないからね」

と、十津川がいったとき、2号室のドアが開いて、ケンドリックス警部が、のっそりと出て来た。

3

狭い通路で見ると、改めて大男だと思った。

じろりと十津川たちを見たが、別に声をかけて来るでもなく、背をかがめるようにして窓の外を見てから、葉巻を口にくわえた。

火をつけると、強烈な葉巻のかおりが通路に漂った。亀井は、眉をひそめながら十津川に、

「どうも、好きになれそうもない男ですね」

と、小声でいった。

十津川は、苦笑して、

「あれで、案外、人見知りする性格なのかもしれんよ」

「まさか」

と、亀井が笑った。

1号室から、清水と北条早苗が出て来た。

早苗は、ケンドリックスに向かって、

「ヘイズ夫妻の様子は、どうですか?」

と、英語できいた。

相手が若い女なので、ケンドリックスも笑顔をつくって、

「日本の夜行列車をよく研究して、次の小説に生かすと張り切っていますよ」

「ミスター・ケンドリックス、あなたは?」

「私は、列車には興味はない」

ケンドリックスは、笑顔を消していった。

「何に興味が、おありなんですか?」

「事件です。そして、犯人ですよ」

と、ケンドリックスはいった。

話している二人の傍から、清水が身体を斜めにして通り抜けて、十津川の傍にやって来た。

「西本と日下でコンビを組み、私と北条のコンビと交代で、警戒に当たることにしました」

「今から緊張していると、五日間もたんぞ」

と、十津川はいった。

「しかし、相手が外国人では神経が疲れます。第一、私の英語が通じません」

「ノーとイエスだけ、大きな声でいえばいいさ。それに、ミセス・ヘイズは酒井信子刑事だったんだから、日本語に通訳してくれるだろう」

「彼女がいるときはいいんですが、いないときが困ります」

「いざとなったら、ぶん殴ってでも、いうことを聞かせるんだ」

と、十津川は励ますようにいった。

「ぶん殴ってもかまいませんか？」

「ここは日本で、警察権はこちらにあるんだ」

「わかりました」

清水は、ニッコリした。

北条早苗が、こちらにやって来た。

ケンドリックスは、大きな身体をゆするようにして、二号車のほうへ歩いて行った。ほかの車両の様子を、見に行ったのだろう。葉巻の香りだけが、しばらくの間通路に残っていた。

「WRPは、どう出てくるつもりでしょうか？」

と、早苗がきいた。

窓の外は、まだ明るかった。家並みが、途切れることなく続いている。

「五日間あるから、向こうは周到に準備して攻撃してくると思うよ。おそらくこの列車にも、WRPの組織の人間が乗っていると思う。そいつは、われわれの動きを監視して、計画を立てるはずだ」

と、十津川はいった。

「見張っているということですか？」

「そう思ったほうがいい」

「連中の一人でも、顔がわかっているといいんですが」

亀井が、口惜しそうにいった。

「そのうちに、嫌でも連中の何人かと顔を合わせることになると思うよ」

と、十津川は自分にいい聞かせる調子でいった。

一七時〇二分――横浜(よこはま)
一七時五九分――熱海(あたみ)
一八時一八分――沼津(ぬまづ)
一八時三三分――富士(ふじ)

何事も起きずに、「さくら」は停車し、発車していった。

亀井と清水が、その間にほかの車両を見て廻った。

「さくら」の構成は、次のとおりである。

一号車　二段式B寝台（禁煙車）
二号車　二段式A寝台
三号車　B寝台四人用（カルテット）

四号車　二段式Ｂ寝台
五号車　食堂車（電話アリ）
六号車
←
一三号車　二段式Ｂ寝台
一四号車　二段式Ｂ寝台（禁煙車）

Ａ寝台は定員二十八名、Ｂ寝台は三十四人である。

「今のところ、どの車両も五、六人の乗客しかいなくて、がらがらです」

と、亀井が十津川に報告した。

「途中で乗って来るのかね？」

「車掌の話では、名古屋(なごや)、京都(きょうと)、大阪で乗って来て、最終的には五十パーセントくらいの乗車率になるそうです」

「この時間じゃ、乗客はまだ起きてるだろうね？」

「寝台の上で週刊誌を読んだり、トランプをしたり、中には通路にまで広がって、ビールを飲んでるグループもいますよ」

「外国人もいるようかね？」

「日本も国際化したと思いましたね。この車両のアメリカ人みたいにグループで乗っている白人もいれば、東南アジアの乗客もいます」

と、清水がいった。

7号室のアメリカの若者たちは、富士を出てすぐ食堂車へ出かけて行った。

ヘイズ夫妻は、午後七時にやまと出版のインタビューのため、食堂車へ歩いて行った。

もちろん、ケンドリックスがぴったりと夫妻に寄り添い、十津川も、亀井、清水、北条早苗と、食堂車に移動した。

西本と日下を残したのは、ヘイズ夫妻が三号車を離れている間に、爆弾を仕掛けられることを心配したからだった。

食堂車には、例のアメリカの若者四人と、日本人の男が一人しかいなかった。

ヘイズ夫妻と久保出版部長たちは奥のテーブルに腰を下ろし、ケンドリックスや十津川はその近くのテーブルに座った。

若いカメラマンが、しきりにヘイズ夫妻の写真を撮る。

夕食をとりながらのインタビューである。

久保の英語はかなりのものだったが、それでも、ときどき早苗が通訳を買って出た。

ヘイズ夫人の信子が通訳する場合もあった。

久保出版部長の質問は、主に次回作についてのことのようだった。ぜひ、それも、やまと出版で翻訳を出させてほしいと頼んでいる。それは大きな声だったので、十津川の耳にも聞こえた。

ヘイズはニコニコ笑って肯いていたが、妻の信子が、厳しい顔で何かいっている。小声なので何をいっているのかわからなかったが、久保のほうは当惑した顔になっていた。

早苗がこちらのテーブルに来たので、十津川は、

「何か、ごたついているのかね？」

と、小声できいた。

早苗も小声で、

「ヘイズ夫人が、翻訳のことで条件を出したんです」

「相手が困っているようだから、相当、厳しい条件のようだね？」

「ええ。原作料をこれまでの倍にすること、それと、初版を五万部から十万部にすることの二つですわ」

「信子さんは、駄目なら他の出版社にするといっています」

「そいつは、厳しいね」

「ミスター・ヘイズ自身は、どうなんだ？」

「ニコニコ笑っていますわ。その前に、長崎を舞台にした次回作は、絶対にベストセラーになる、イギリス、アメリカで同時発売となるはずだと自信満々でしたから、やまと出版は要求を呑むと、楽観しているんだと思いますわ」

「長崎を舞台にした次回作というのは、どんなストーリイになるんだ？」

と亀井がきいた。

「ミスター・ヘイズの説明ですと、現代版蝶々夫人ということでしたわ」

と、早苗がいった。

「マダム・バタフライ？　ずいぶん、古めかしい話だねえ」

「それでも、ヨーロッパの男性にとっては蝶々夫人は永遠の憧れみたいですわ。ですから、それに殺人事件をからませて書けば、絶対にベストセラーになると、彼はいっていましたわ」

「すると、彼の創った例の主人公が現代のピンカートンというわけか」

十津川が、苦笑した。

「英語版のタイトルは、『ミス・ナガサキ』か『ナガサキ・レディ』にしたいと、これは、ミスター・ヘイズがいっていましたわ」

と、早苗がいう。

「『ナガサキ・レディ』ねえ」

「いい題ですよ。そのものずばりで」

と、亀井がいった。

（それで、長崎か）

と、十津川は、ちらりとヘイズに眼をやった。

4

夕食をしている間に、列車は浜松を過ぎた。

ヘイズは、夕食のあとビールを注文し、ゆっくりと飲んでいる。久保出版部長とカメラマンが、先に食堂車を出て行った。

十津川は、急に彼らを追った。通路で久保をつかまえて、

「翻訳のことで、問題が起きたみたいですね？」

と、いうと、出版部長は眉を寄せて、

「参りましたよ。予期しなかったことでしたからね。ミスター・ヘイズ自身ではなく、奥さんが要求を出して来ましたからね」

「原作料を二倍にしてほしいといったとか」

「そうなんですよ。原作料五パーセント、翻訳料五パーセントが常識ですからね。それを、一割にしろというんです。駄目なら、ほかで出すといわれましたよ」

「それで、どうされるんですか？」

「今までの三冊は、うちで出していますからね。どうしても、次回作も出したいと思っています。こんな要求が出てくるとは思っていませんでしたがねえ」

と、久保は小さく溜息(ためいき)をついた。

「しかし、ベストセラーなら、ひょっとして過大な要求を出してくるということは、予想されたんじゃありませんか？」

と、十津川はきいた。

「そうですが、実は本国のイギリスやアメリカで、最近、人気が下降気味だと聞いていたんですよ」

と、久保はいってから、

「失礼だが、あなたも出版関係の方ですか？」

「まあ、そんなところです。ところで、やまと出版にミスター・ヘイズの本を出すなという脅迫状は、来ていませんか？」

と、十津川はいちばんききたいことをきいた。原作料などのことをきいたのは、相手に刑事とさとられないためだった。

久保は、小さく首を横に振って、

「そんなものは来ていませんが、あなたのところには来ているんですか？」

「いや、本国のイギリスで脅迫があったという噂を聞いたものですからね」

と、十津川はいった。

「そうですか。ヘイズさんは、作品の中でテロリストを徹底的にやっつけ、からかっていますからね。そこが、反感を買っているのかもしれませんね」

と、相手はいった。

十津川は彼と別れて、もう一度、食堂車に戻った。

ヘイズは、まだビールを飲んでいた。今は、彼の前にケンドリックスが座って話をしている。彼の前にも、ビールのびんが置かれていた。

信子が立ち上がって、先に食堂車を出ていった。

十津川は清水に、すぐ後を追わせた。ＷＲＰが狙っているのはヘイズだが、妻の信子だって、標的にされるかわからなかったからである。ヘイズとケンドリックスは、ビールを追加注文しては、楽しそうに喋り合っていた。

「これは、長くなるね」

と、十津川は小声で亀井にいった。

「呑気（のんき）というのか、困ったものです」

「どんな場合にも、夕食だけはゆっくり楽しむのが、英国流なのかもしれませんわ」

と、早苗がいう。

仕方がないので、十津川たちはコーヒーを追加注文して、ねばることにした。

アメリカの四人の若者たちは、食べ終わって腰をあげたが、その中の一人、背の高い栗毛（くりげ）の髪の青年が、つかつかとヘイズの傍まで歩いていった。

十津川たちは、緊張して身構えたが、青年はヘイズに向かって、

「よいご旅行を」

と、笑顔でいい、握手して、食堂車を出ていった。

十津川たちはほっとして、浮かしている腰を、また元に戻した。

「あのアメリカ人たちは、もうマークしなくていいでしょうか？」

早苗が彼らを見送ってから、十津川に判断を仰いだ。

「まだ、わからんよ。ただのファンのように見えるが、親しくして、こちらの様子を窺っているのかもしれないからね」

と、十津川は慎重にいった。

「私はやはり、大阪から乗ってくる乗客のほうが怖いですね」

と、亀井がいう。

「4号室と、5号室の乗客だね？」

「そうです。何といっても、ほかの乗客が眠っている深夜ですからね」

と、亀井はいった。

「われわれは、起きていて、どんな乗客か見る必要があるね」

「そう思います」

「三号車以外の車両にも、犯人はいるかもしれませんわ」

と、早苗がいった。

だが、それをいちいち気にしていたら、ノイローゼになってしまう。

十津川は立ち上がると、食堂車についている電話をかけに行った。

本多一課長に、その後ＷＲＰについて、イギリスから何か情報が入っているかどうかきいてみた。

「一つ連絡があったよ。ロンドンの下町で、WRPのアジトと思われる部屋が見つかったという連絡だ」

と、本多がいった。

「すると、やはり、WRPという組織は実在したわけですね？」

「そうらしい。ちょっと待ってくれ。今、向こうから来たものを翻訳しているところだ」

と、本多はいい、電話の向こうでがさがさと紙の音をたてていたが、

「読むよ。ロンドンのウェスト・エンドの一角の地下室を調べたところ、壁にWRP万歳の文字がスプレーで書かれ、さらに、試射したと思われる弾痕が見つかった。この地下室は、三人の男女が借りていたもので、男二人女一人で、いずれも二十代から三十代の若者だった。また、この地下室には、ヘイズの本二冊が引き裂かれて捨てられており、ヘイズに死を、の言葉もあった。十月七日に、市民から、この地下室で銃の発射音が聞こえたという通報があって、警察が捜査して発見したのだが、三人の男女の行方はまだつかめていない」

「若い男女ですか」

十津川は、三号車に乗っている四人のアメリカの若者を、ちらりと思い浮かべた。

「困ったことに、この三人の顔をよく見ている人間は、いないらしいんだよ」

「似顔絵は無理ですか？」

「頼んでいるんだが、無理らしい。聞き込みの範囲を広げて、何とか、この三人の人物像を描くといっているが、多分、今度の旅行には間に合わないだろうと思うよ」

「ＷＲＰの組織が実在するとわかっただけでも、よかったです。その三人が、ウェスト・エンドから消えた正確な日時はわかりますか？」

「十月七日に通報があって、警察が急行したときはすでに消えていたんだから、七日の朝か、六日の夜には、いなくなっているとみていいだろうね」

と、本多はいう。

「すると、連中は、日本に来ていることも考えられますね」

「そうだな。それらしい人間が、『さくら』に乗っているのか？」

「そこまではわかりませんが、外国人がかなり乗っています」

「十分に注意してくれよ」

と、最後に本多がいった。

十津川は、自分のテーブルに戻ると、亀井たちにいまの本多の言葉を伝えた。

「やはり、実在の組織でしたか」

と、亀井は緊張した顔になって肯いた。

「少なくとも、三人の人間はいるわけだよ」

「ミスター・ヘイズは、本当にＷＲＰという組織が存在しないと思って小説に描いたんですかねえ？」

亀井は疑わしげに、ケンドリックスと話しているヘイズを見やった。

二人は相変わらず、何やら喋りながらビールを飲んでいる。すでに、二人で十二、三本は飲んでいるはずだった。二人ともアルコールに強いらしく、まったく酔った気配もない。

「脅迫されるのを覚悟で書いたとは思えないさ。彼だけでなく、奥さんも危険なわけだからね」

と、十津川はいった。

「すると、大丈夫と思ってＷＲＰの名前を使ったのに、偶然、その名称を使っているテロ組織が存在したということになりますね。偶然というより、不幸にもというべきでしょうが」

「日本の作家でも同じような例があるらしいよ。悪の権化のように、ある会社なり暴力団を描くとき、その名前には苦労するそうだ。絶対にないような名前を考えて書くのだが、それでもたまたま実在していて、抗議され、訂正する破目になることがあるといっていたよ」

「相手が会社や暴力団なら、訂正や謝罪ですむでしょうが、テロ組織ではそれも通用しないわけですね」

「それも連続して作品の中に、悪の代表として登場させたからね」

と、十津川は苦笑した。

「一作目のとき、WRPはなぜ今度のように、ヘイズ夫妻を脅迫しなかったんでしょうか?」

早苗がきいた。

「理由は、いろいろ考えられるよ。脅迫すれば、自分たちの存在が明らかになってしまうから、沈黙を守っていたのかもしれないし、最初の本が出たときは非常に小さな組織だったのかもしれない」

「二冊目、三冊目が出て、いずれもWRPが仇役(かたきやく)になっているので、我慢がならなくなったということでしょうか?」

「そんなところだろうね。ミスター・ヘイズは、二年前に警察を辞(や)めている。そのときまでＷＲＰという組織はなかったか、小さかったので、彼は気づかなかったんじゃないかな」

「そうだとすると、ミスター・ヘイズはとんだ組織に見込まれたものですね。わざわざ架空の組織を書いたつもりなのに、それが実在していて、恨まれ、命を狙われるというんですから」

と、亀井がいった。

そのとき、ヘイズ夫人の信子と一緒に三号車に戻っていた清水刑事が、また顔を出して、

「いま向こうで、彼女が週刊誌のインタビューを受けています」

と、十津川に報告した。

「たしか、女性週刊誌のインタビューだったね？」

「『メイクアップ』という雑誌で、女性記者がカメラマン一人と一緒に来ています」

「本物かね？」

「身分証明書を見せてもらいましたし、西本刑事と日下刑事が見張っているから、大丈夫だと思います」

と、清水はいい、その女性記者とカメラマンの名刺を十津川に見せた。

「どこでインタビューしているんだ？」

と、十津川がきいた。

「例の四人用の個室です。ドアを開けてやってもらっていますから、大丈夫です」

と、清水はいった。

前もって約束してあったインタビューだから、間違いはないだろうが、十津川は清水に、

「油断はするなよ」

と、いって、また清水を三号車に戻した。

午後十時を過ぎて、ヘイズたちもやっと食堂車から腰を上げた。九時半にラストオーダーだから、最後の客である。

三号車に戻ると、ヘイズ夫人、信子のインタビューはもう終わっていた。

「記者とカメラマンは、このままこの列車に乗って行くのかね？」

と、十津川は清水にきいた。

「いえ。大阪で降りて、ファックスで記事を東京の本社へ送るといっていました」

「ミスター・ヘイズに会った出版社の人間も、大阪で降りるといっていたね」

と、十津川はいった。

その大阪着が二三時二六分。二分停車で「さくら」は発車したが、このあとは午前五時八分に徳山に停車するまで、乗客の乗り降りはない。

ヘイズ夫妻とケンドリックス警部の三人は、コンパートメントに入った。内からカギをかけておいてくれるように、十津川は頼んでおいたが、それでも不安なので博多に着くまで、刑事が一人ずつ交代で三号車の通路を見張ることにした。

空いていた二つのコンパートメントは、大阪から乗って来た乗客で埋まった。

4号室は重役タイプの初老の男と、三十代のサラリーマンふうの男だった。日下刑事が初老の男のことを、週刊誌で見て知っていた。

「安藤ベアリングの社長です。間違いありません。会社自体は大きくありませんが、ベアリング業界では、日本のシェアの六十パーセントを占めているそうです。今度、ヨーロッパに進出すると書いてありましたから、それでオランダ村で誰かに会うんじゃありませんか。ヨーロッパ進出のときは、オランダを拠点とするつもりだともいっています」

「すると社長と秘書かな？」

「と思います。大阪で仕事をすませて、夜行で九州へ行くんじゃありませんか。それなら時間を無駄にしなくてすみますから」

と、日下はいった。

5号室は、若い女性の四人連れで、賑やかだった。深夜に乗って来たのだが、コンパートメントに入ってからも、大声でお喋りをしているし、ときどき通路にも出て来る。

若い西本刑事が話しかけてみたところ、四人とも大阪の女子大生で、オランダ村へ遊びに行くのだということだった。

「本物の大学生だと思いますよ」

と、西本は十津川に報告した。

彼女たちも、午前一時をまわる頃には、寝入ったとみえて静かになった。

午前二時から、十津川が通路の見張りに立った。

補助椅子を引き出し、腰を下ろして窓の外の夜景を見たり、通路を見たりしていると、亀井刑事がコンパートメントから出てきた。

「どうも眠れませんので」

と、亀井は十津川の顔を見ていった。

「相手が外国人だと、必要以上に緊張するねえ」

と、十津川はいった。

「ミスター・ヘイズたちは、もう眠りましたか？」

「さっき、2号室の前を通ったら、いびきをかいていたよ」

「連中もいびきをかくんですか？」

「同じ人間だから、かくよ」

「白人というのは鼻が高いでしょう。つまり、鼻の穴が長いから、それが消音器(サイレンサー)の役目をして、いびきは出ないんじゃないか。私がやたらにいびきをかくと、家内にいわれるのは、鼻が低いからだとずっと私は思っていたんです。違うんですか。そうですか」

と、亀井はひとりで肯いている。

十津川は笑った。

「カメさんがいびきをかく理由は、働き過ぎだよ」

と、いった。

列車がスピードをゆるめ、やがて停車した。

「運転停車だよ」

と、十津川が窓の外を見ていった。

「岡山(おかやま)ですか？」

た。

「ああ」

十津川は、乗務員交代のための停車なので、のんびりしていたが、急に不安になった。

もしヘイズ夫妻が、この列車の三号車2号室のコンパートメントにいることを知っていれば、WRPの人間はこの岡山駅のホームに待っていて、窓を破り、手榴弾を投げ込まないとも限らないと、思ったからである。

何しろ、相手は世界的な組織なのだ。手榴弾ぐらい手に入れていても、不思議はないのだ。

例えば7号室の連中だ。あのアメリカ人たちが、もしWRPの一人だとすれば、彼らはヘイズ夫妻が何号室にいるか知っているのだ。

そしてこの列車の食堂には、電話がついている。岡山市内に待っている仲間に、電話で知らせてということも、十分に考えられるのだ。

(内部を警戒させておいて、ホームからやるということだって、十分あり得るのだ)

十津川は、あわてて亀井を通路に残しておいて、ホームに降りてみることにした。

乗客用のドアは閉まったままである。十津川は車掌室のドアを開けてもらって、ホームに飛び降りた。

午前二時過ぎ、それも運転停車の列車しかないホームには、乗客の姿はもちろんなく、ひっそりと静まり返っている。前方で運転士の交代が行なわれているだけだった。

十津川はほっとして、列車に戻った。ほとんど同時に発車した。

「何もありませんでしたね」

と、亀井が声をかけてきた。

「少し考え過ぎだったかもしれないな」

「まさか、線路上に爆発物を仕掛けるなんて、荒っぽい真似はしないでしょうね？」

亀井が、欠伸まじりにいった。

「それはないと思うよ。そんなことをすれば、関係のない日本人を巻き添えにしてしまうし、そのうえ、必ずしもヘイズ夫妻を殺せるかどうか、わからないんだからね」

と、十津川はいった。

もちろん、絶対にありえないとは断言できない。何といっても、相手はテロ集団である。目的を達成するために、どんな手段をとるか、わからないからである。

しかし、現実問題として東京から博多まで、千二百キロ近い線路のすべてを監視することは、不可能なのだ。鉄橋やトンネルを含めれば、なおさらである。したがって、そうした危険には目をつぶるほかはなかった。

「何をお考えですか？」

亀井は、急に黙ってしまった十津川に対して、心配そうにきいた。

「考えれば、不安材料はいくらでもあると思ってね。極端なことをいえば、ＷＲＰの連中がバズーカでこの列車を狙うことだって、考えなければならないんだ」

と、十津川はいった。

もし、かなりテクニックを持った人間が、最新のロケット砲でも入手していれば、まず、それから逃れる方法はないだろう。

（まあ、そんなことはないと、祈るより仕方がないな）

と、十津川は思っていた。

今のところ、列車は何事もなく、夜の闇の中を走り続けている。このまま、無事に博多まで行けることを祈りたい。

「博多着は八時九分だったね？」

「そうです」

「あと六時間足らずか」

と、十津川は呟いた。

5

十津川は二時間通路にいて、西本、日下の二人と交代した。

だが、緊張感から眠れずに朝を迎えた。

十津川は、また緊張が高まるのを感じた。

こんなときこそ、危険だと思うからだった。

夜の間は、他の車両の乗客が三号車の通路を通ることはほとんどなかったが、朝になると遠慮なく通っていくし、それを止めることはできないからだった。

そのうえ、ミスター・ヘイズは起きてくると、朝の列車内を取材したいといいだしたのである。

「危険ですからやめてくれませんか？　朝の車内の光景を知りたいのなら、われわれが写真に撮ってきますよ」

と、十津川はいった。

ヘイズは、大きく手を振って、

「私は、この眼で、日本の夜行列車の朝の光景を見たいんだ。日本の乗客が、どんな姿で朝を迎えるのかをね。それでなければ、人を感動させる小説は書けないよ」

「しかし、これからはほとんど各駅へ停車しますし、乗客の乗り降りも激しくなってきます。下関(しものせき)からは、通勤客も乗ってきますから、警備がむずかしくなります」

「私がミスター・ヘイズをガードするから大丈夫ですよ」

と、ケンドリックスは大きな胸を叩いてみせた。

それでも十津川が逡巡(しゅんじゅん)していると、ケンドリックスは軽蔑(けいべつ)したように、

「日本の警察は、群衆の中の要人警護に慣れておられないのかな?」

「万一を考えて、ご注意しただけです」

「それなら大丈夫ですよ。スコットランド・ヤードは、こうした難しい警護については、十分に訓練を受けています」

ケンドリックスは自信満々にいった。

こういわれては、十津川も拒否できなくなった。

列車は徳山に停車し、次の小郡(おごおり)に向かっている。

通路がというより、列車全体が騒がしくなってきて、洗面所で顔を洗う乗客や、通路に出てのびをしている乗客や、意味もなく走り廻る子供がいる。

十津川や亀井が、ヘイズの警護に当たることにして、三号車を出た。

四号車のほうにむかって歩いていく、ヘイズの傍らには、ぴったりとケンドリックスがついている。大きなケンドリックスが傍にいると、何も起こりそうにないから不思議だった。

ヘイズは、スコットランド・ヤードの元警部だっただけに、平然として、起き出した乗客におぼつかない日本語で話しかけたり、サインをしたり、一緒に写真を撮ったりしている。そのため、やたらに時間がかかった。

食堂車では、朝食の準備中の調理人に声をかける。取材を楽しんでいるように見えた。いや、いい方を変えれば、危険を楽しんでいる感じすらした。

「わざと平気な態度をとっているんですかね？」

亀井が、小声できいた。

「まあね。正直にいうと、イギリス人の顔色を読むのはむずかしいよ」

と、十津川がこれも小声でいった。

最後尾の一四号車に着くまでに、ヘイズは三本もフィルムを替え、何人もの乗客や乗員に話しかけ、二十人近くにサインした。

列車はその間に、小郡、宇部と停車して、次は下関である。

五号車まで戻ってきたヘイズは朝食をとるといいだし、さっさと営業開始前の食堂車のテーブルに腰を下ろしてしまった。

「家内を呼んできてもらえませんか？　申しわけないが」

と、ヘイズは十津川にいった。

「私が呼んできます」

亀井がいい、三号車に向かって、通路を走って行った。が、すぐ青い顔で戻ってくると、十津川に、

「ちょっと来てください」

「どうしたんだ？」

「ヘイズ夫人が見つからないんです」

「しかし、西本くんたちがついているはずだろう？」

「そうなんですが――」

「何かあったんですか？」

と、ヘイズが強い眼で十津川を見た。

「いや、何でもありません」

十津川はそういいおいて、食堂車に亀井を残して、三号車に走った。

三号車の通路では、西本刑事たちが恐慌をきたしていた。

「説明しろ！」

と、十津川は珍しく西本に向かって怒鳴った。

「ヘイズ夫人がトイレに立ったので、戻るのを待っていたんですが、それきり戻って来ないんです」

西本が、青ざめた顔でいう。

「誰もついていなかったのか？」

「私がついていましたが、一瞬の隙に消えてしまったんです。申しわけありません」

北条早苗が、声をふるわせた。

「北条君の責任じゃありません。駅に着いて、乗り降りがあって、その混雑にまぎれて、われわれ全員が彼女を見失ってしまったわけです。ヘイズ夫人は何といっても、昔はわれわれと同じ捜査一課の刑事でしたから、大丈夫だろうという油断もありました」

と、西本がいった。

「彼女がトイレに立ったのは、いつなんだ？」

十津川は、いくらか冷静さを取り戻して、西本たちにきいた。

「小郡を出てすぐのときです」

と、早苗がいった。

「いないのに気づいたのは？」

「次の宇部を過ぎてからです」

「日下刑事は、次の下関で降りて宇部に引き返し、聞き込みをやってくれ。わかり次第、報告を頼む」

と、十津川は日下刑事に指示を与えたあと、西本と北条早苗に、

「君たちは、もう一度、三号車を中心に彼女を探してくれ。気まぐれを起こして、他の車両に行っているのかもしれないからな」

と、いった。

6

西本と早苗が必死になって、一号車から一四号車までを探して歩いた。

十津川もそれに参加したかったのだが、ヘイズのことも心配だった。

彼は、ヘイズ夫妻とケンドリックスが使っているコンパートメントに入ってみた。

何か、手がかりが残っているかと思ったからである。

上段のベッドはすでにたたまれ、四人掛け用の部屋になっていた。

スーツケースなどは置かれてあったが、ヘイズ夫人、信子のハンドバッグは失くなっている。トイレに立ったということだから、そのとき持って行ったのだろう。

ふと、十津川の眼が止まった。

白い封筒が見つかったからである。十津川は、その封筒を手に取った。

ワープロで「ミスター・ヘイズ」と、英語で打ってあった。

差出人の名前はなかったが、想像はついた。

ちょうど戻ってきた西本と早苗に、

「どうだった？」

「見つかりません。隅々まで探したんですが」

と、西本が首を横に振る。

その西本に、十津川は封筒を見せた。

「これがコンパートメントの中にあったが、気がつかなかったかね？」

「ヘイズ夫人を探すのに精いっぱいで、コンパートメントの中はよく見ませんでしたから」

「中に何と書いてあるんですか？」

と、早苗がきいた。

「宛名が、ミスター・ヘイズになっているからね。まず、彼に見せなきゃならない」

十津川は、二人に三号車に残っているようにいっておいて、食堂車に急いで戻った。

奥のテーブルで、ヘイズとケンドリックスが朝食をとっている。ヘイズは十津川の顔を見ると、

「どうでした？　ノブコは見つかりましたか？」

「とにかく、これを見てください」

と、十津川は問題の封筒を差し出した。

ヘイズは、それをケンドリックスに見せてから、封を切り、中の手紙に目を通し始めた。

十津川は、じっとヘイズの顔色を見ていた。彼の表情の動きで、どんなことが書かれているか、だいたいの想像がつくと思ったからである。

「…………」

ヘイズは、何か低く呟いた。が、十津川にはよく聞こえなかった。多分、呪（のろ）いの言葉を口にしたに違いない。

「奴らを殺してやる！」

これは、はっきりと十津川に聞こえた。ＫＩＬＬという言葉が、強いひびきを持っていた。

ケンドリックスは、ヘイズの手から手紙をもぎ取るようにして、眼を通していたが、彼も、

「くそったれめ！」

と、英国紳士らしからぬ言葉を口にした。

彼は十津川を見て、初めて、彼がいるのに気づいたみたいな眼で、その手紙を黙って渡してくれた。

ボールペンで、走り書きされた文章は、次のようなものだった。

〈ビクトリア・ヘイズへ
お前の奥さんを誘拐した。彼女を生かすも殺すも、われわれの胸三寸にある。今後は、われわれの指示どおりに動け。まず、日本の出版社へ電話し、彼女の身代金として、十万ポンドを長崎のオランダ村に持って来させること。
お前は予定どおり博多で「オランダ村特急」に乗りかえ、オランダ村に向かうの

だ。

オランダ村で、十万ポンドを受け取った時点で、新しい指示を与える。われわれは絶えず、お前と友人のミスター・ケンドリックス、並びに日本の刑事たちを監視していることを忘れるな。もし、われわれの指示に従わない場合は、容赦(ようしゃ)なく射殺する。われわれの狙撃銃(そげきじゅう)と狙撃手が、絶えずお前たちを狙っているのだ。

では、長崎へのよい旅を。

WRP〉

十津川は、手紙をケンドリックスに返してから、亀井に要約してきかせた。

「では、完全な身代金目的の誘拐ですか？」

「今のところはね」

と、十津川は肯(うなず)いておいて、今度はヘイズに向かって、

「どうされるつもりですか？」

「どうするって、これでは、相手の指示に従うより仕方がないでしょう？　何よりも、家内の安全を計りたいですからね」

「つまり、犯人の指示に従うということですね？」

「一応、そのとおりに動いてみたいと思っています。もちろん、連中に屈服する気はないが、ノブコは、私にとってかけがえのない、大切な存在なんだ。何とかして、彼女を無事に助け出したい。今は、それだけです」

と、ヘイズはいい、立ち上がると、

「すぐ、ミスター・久保に電話したいが、通訳をお願いできますか？」

「北条君に来てもらいます」

十津川は、亀井に北条早苗を呼びに行かせた。早苗が駆けつけ、ヘイズと食堂車についている電話のところに行く。ケンドリックスが、ぴったりとヘイズに寄り添って行った。十津川と亀井の二人は、離れた場所で、彼らを見守った。

「妙な具合になって来ましたね」

と、亀井が声を殺していった。

「しかし、奥さんを誘拐する線も、想像できていたんだ」

「誘拐しておいて、金銭を要求してくるというのは、想像外でしたよ。ＷＲＰは、テロ集団だと思っていたのに、結局、欲しいのは金だったんですかねえ」

亀井は、眉を寄せている。

「いや、まず奥さんを人質にして、軍資金を手に入れ、次にミスター・ヘイズに対して、筆を折らせる気かもしれない」

「すると、身代金を渡しても、連中は人質を返さないかもしれませんね」

「その可能性は、強いよ。誘拐されたのが、子供ではなく、成人の女性だからね。相手も自分たちの正体を知られたら、生きて返すとは思えない。この解決は難しいと、覚悟しておく必要があるね」

　と、十津川はいった。

「それは、ミスター・ヘイズにもわかっているはずですね。彼も、われわれと同じ警察官だったわけですから」

「そうだよ。したがって、奥さんを取り戻すのが大変だということは、覚悟していると思うね」

「それにしても、あまりにも簡単に誘拐されてしまいましたね。突然、消えてしまって、その足取りもつかめません」

「誘拐はそんなものさ。誘拐自体は簡単だから、後を絶たないんだ。そして、身代金を取るのも楽だろうと思い込む」

「そして、失敗するわけですね」

「身代金を手に入れるむずかしさを知らないからだよ」

「ＷＲＰの連中も、そのむずかしさを知っているんでしょうか？」

「それが問題だよ」

　と、十津川はいった。

「と、いいますと？」

「連中が、主義に忠実かどうかで違ってくるということさ。今もいったように、金は本来の目的ではないとすると、身代金の受け渡しのときに逮捕するのがむずかしいかもしれない。危険と思えば金を受け取りに来ないだろうからね」

　と、十津川がいったとき、早苗が十津川のほうに歩いて来た。

「出版社はＯＫです。久保出版部長が、十万ポンド持って、飛行機で長崎へ来ると約束しました」

「それは、よかった」

「誘拐のことは話したのかね？」

　と、亀井がきいた。

「はい。もちろん、絶対に口外しないことを約束してもらいました。ミスター・ヘイズの話では、久保出版部長は信頼できる男だそうです。彼は、サムライだといっていました」

「サムライね」

十津川が呟いた。ヘイズは、どんな意味で、サムライといったのだろうか？

ヘイズとケンドリックスが歩いて来て、

「間もなく、ハカタだね」

と、十津川にいった。

第三章　オランダ村特急

1

寝台特急「さくら」は、午前八時〇九分に博多駅に着いた。

途中で降りた日下刑事が、何も報告して来なかったところをみると、まだ、これといった情報をつかめていないのだろう。

「オランダ村特急」の出発まで一時間あまりあって、その間、ホームで待つのは危険と考えていたのだが、ヘイズ夫人が誘拐され、相手がその身代金を要求しているので、差し当たって、ヘイズを狙うことはないだろうということになった。

この考えは、ケンドリックスが示したものだった。

十津川は、万一を考えて、「オランダ村特急」が出発する間際まで駅舎に入ってもらうか、喫茶店で待機してもらいたかったのだが、ヘイズもケンドリックスも強く反対した。ジョンブル精神とかいうやつで、敵に弱味を見せるのは嫌らしい。

全員で、「オランダ村特急」の出る八番線ホームにいることにした。

人気のある列車らしく、まだ一時間前だが、ホームには乗客が待っていた。

「さくら」で一緒だった乗客の姿もあった。アメリカの若者たちは、博多からどこかへ行ったのか、顔が見えない。大阪から乗って来た女子大生の四人組は、相変わらず、賑やかに喋っている。

九時〇七分に、「オランダ村特急」が入線して来た。ブルーの車体だが、屋根の部分の赤が、やたらに目立つ列車だった。

わずか三両編成の気動車なので、満席である。ディーゼルの音がうるさかった。

運転席が二階なので、先頭と最後尾の車両は、全面ガラスの展望車になっている。

「Holland Village Express」と、英語で正面に、列車名が出ていた。

赤いブレザーを着たハイパーレディ二人が、乗客を迎えてくれる。

十津川は、ヘイズたちと一号車に入った。

団体客が多いのは、行き先のせいだろうか。一号車にも、大阪から来たらしい十二、三人の団体客が乗っていて、大阪弁が飛びかっていた。

列車には、正面に二十九インチのTVモニターがあって、この列車とオランダ村のPRを流しているのだが、それを見ている乗客はほとんどなかった。博多を離れると、しばらくして、窓の外はのどかな田園風景になる。ちょうど、稲穂がたわわに実り、それが風にゆれている。

典型的な日本の農村風景で、何もなければ、ヘイズは好奇心いっぱいでカメラを向けるのだろうが、さすがにカメラは放り出し、隣りのケンドリックスと、小声で話し込んでいる。

十津川の座席からは、何を話しているのかわからないが、きっと、誘拐されたヘイズ夫人のことで話し込んでいるのだろう。

九時三九分　鳥栖

九時五六分　佐賀

と、停車して行く。

その間にハイパーレディが、紙コップでオレンジジュースを、乗客に配ったりした。

佐世保(させぼ)線は単線なので、十津川たちの乗った下りの「オランダ村特急」と上りの列車がすれ違うときは、駅で待避しなければならない。

そのせいで、「オランダ村特急」は、永尾(ながお)、三間坂(みまさか)と、時刻表では停車しないことになっている駅に停車し、上りの特急列車をやり過ごす。

これが、プライベイトな旅行なら、こんな列車の動きも楽しいのだが、今は、長崎で行なわれるだろう身代金の受け渡しのことで、十津川の頭は、いっぱいだった。

今から、東京へ救援を頼むわけにもいかないし、その気もなかった。長崎県警の救援は、ときには頼むことになるかもしれないが、身代金の受け渡しのときには必要ない。

人数は、少なくてもいいのだ。

問題は、相手の出方に、適切に対応できるかどうかである。

十津川は、手帳に、刑事たちの名前を書きつけていた。

亀井刑事
西本刑事
清水刑事

北条早苗刑事
ケンドリックス
十津川

日下刑事も、長崎で合流するだろう。とすれば、七人である。

まあ、何とかなる人数だと思う。部下の刑事たちは、全員、信頼できる連中だし、ケンドリックスのことは、よくわからないが、何といっても、スコットランド・ヤードのベテラン刑事なのだ。誘拐事件にも慣れているだろう。

（問題は、お互いの意思の疎通が図れるかどうかだな）

と、十津川は思った。

イギリス人は、頑固だと聞いている。十津川の見たところ、ケンドリックス警部は、その典型のような気がする。

第一、いざというとき、十津川の命令を聞くかどうかがわからない。多分、聞かないだろう。

列車は、武雄温泉に停車し、次に早岐に着いた。一〇時五七分である。

この駅で、客がどっと降りた。一号車にいた団体客も、ドヤドヤと降りて行き、車内はがらがらになった。

ここから、オランダ村へ行くバスに乗るらしい。

この早岐で方向転換して、再び走り出した。十津川たちの乗っている一号車が、今度は、最後尾になっている。

「少し、車内を歩いてみないか」

と、十津川は亀井を誘った。

「大丈夫ですか？」

「次の停車駅は、終点の佐世保で、それまで、十五分近くある。その間に、ミスター・ヘイズを襲っても、逃げられないはずだ。身代金を取ろうというとき、そんな危険はおかさないだろう」

と、十津川はいった。

二人は、二号車のほうへ歩いて行った。どの車両も、がらがらになっている。

ここには、カフェルームが隅に設けてあり、男子社員が一人で、コーヒー、ビールなどをサービスしていた。

十津川は、立ち止まり、亀井と二人分のコーヒーを注文した。

「三号車には、行かんのですか？」

と、亀井がきく。

「ああ、ちょっと、カメさんと話をしたくてね」

「なるほど、ミスター・ヘイズやケンドリックス警部に、聞こえてはまずいことですね」

「長崎で、身代金の受け渡しということになる」

「はい」

「そのときのことを、カメさんと相談しておきたくてね」

「問題は、一にかかって、ケンドリックス警部が、われわれに協力してくれるかどうかにあると思いますね」

と、亀井がいう。

「それに、ミスター・ヘイズが、本当にわれわれを信頼してくれて、すべてを話してくれるかどうかだね」

「それは、あまり期待できないかもしれませんよ。何しろ、日本の警察は、信用できないというので、わざわざイギリスから、ケンドリックス警部を連れて来たくらいですから」

「奥さんを誘拐した連中も、英語で身代金を要求している」

「連中の中に、日本人がいると思われますから、それが、主導権を握ってくれると、ありがたいんですがね。そうなれば、ミスター・ヘイズにしても、ケンドリックス警部にしても、日本語は不得手ですから、嫌でも、われわれが捜査の主導権を握れます」

「そうありたいと、思うがねえ」

とだけ、十津川はいった。

事件の捜査に、甘い期待をかけるほど危険なことはない。最悪の事態を予想して、対策を立てておくのが常識である。

二人は、元の座席に戻った。

一一時一五分に、終点の佐世保に着いた。

二人のハイパーレディが、笑顔で見送ってくれる中を、乗客たちが列車からホームに降りた。

早岐で、ほとんどの乗客が降りてしまっているので、佐世保の古めかしいホームに降りたのは、せいぜい十二、三人くらいだろう。

十津川や亀井たちは、ヘイズとケンドリックスの二人を囲むようにして、改札口に向かった。

周囲を見廻しながら歩いたが、別にヘイズを狙っているような人間は、見当たらなかった。おそらく、相手は、当面、身代金の奪取に、全力を上げる気なのだろう。

佐世保駅前から、フェリー乗り場まで、シャトルバスが出ているのだが、歩いても十五、六分だという。

十津川は、バスで行くことをすすめたが、ヘイズは歩きたいといった。結局、ヘイズの主張が通って歩くことになった。妻の信子を誘拐されたヘイズは、気が立っているに違いなく、その気持ちを、少しでも配慮しようと思ったのである。

佐世保駅には「日韓共同きっぷ」の宣伝の、大きな看板がかかげられていて、ここが韓国に近いことを思い出させた。

国道へ出て、フェリー乗り場に向かった。

さすがに九州で、東京に比べると、陽差しが明るく強い。

左手に漁港が見え、その先が船着場である。「高速船のりば。長崎オランダ村行き、長崎空港行き」の大きな表示板が見えた。

その表示に従って、左に折れる。

全員が、黙って歩き続けた。亀井が、ときどき、うしろを振り返ったのは、尾行している人間がいないかどうかを知りたかったからだが、

「気配なしですね」

と、小声で十津川にいった。

「おそらく、長崎に先廻りしたんだろう。それは、信子さんの身柄を確保していなければならないんだから、尾行する余裕は、ないのかもしれない」

と、十津川はいった。

桟橋の近くには、小さな商店街があって、その中の魚屋は、やたらに鯨の看板をかかげていた。

この近くで獲れるスナメリという小さな鯨のことらしい。

市営の桟橋には、五階建てのターミナルビルがあり、十津川たちは、一階の待合室に入った。ここも、人影はまばらだった。オランダ村へ船で行くより、バスのほうが多いのだろう。一二時〇〇分の船便に乗ることで、昼食をすませて、残っていると、突然、待合室(ターミナル)のアナウンスが、

〈イギリス人のヘイズさま。電話が掛かっております。いらっしゃいましたら、案内所まで、おいでください〉

と、呼んだ。

早苗が、すぐ、それを英語にして、ヘイズに知らせた。

十津川たちも緊張して、ヘイズを見、案内所のほうに眼をやった。

ヘイズが、早苗と案内所へ、小走りに向かって行った。

本来ならまず、電話の内容を録音する準備をしてから、受話器を取ってもらうのだが、今回は、突然の電話なので、そうもいかない。

ヘイズが、電話に出るに委(まか)せた。

ヘイズは、受話器を取り、二、三分話していたが、顔をこわばらせて、戻ってくると、ケンドリックスに、

「連中からだよ。われわれを見張っていたらしい。このまま、おとなしく、オランダ村に行けといわれたよ。下手に策を弄(ろう)したら、家内を殺すと脅しやがった」

と、早口でいった。

早苗は、十津川の傍に来て、

「相手は、英語で喋っていました。男の声です」

「日本人のようだったかね？　それとも、外国人？」

「わかりませんが、流暢(りゅうちょう)な英語でしたから、外国人の可能性のほうが強いかな、と

は思います。しかし、案内所の人は、日本語で女性が、ミスター・ヘイズがいたら呼んでくれといったそうです」

「日本人とイギリス人の混成チームか」

と、十津川は呟いた。

問題は、どちらが主導権を持っているかで、連中の出方も違ってくるだろう。

船の出発が近づくと、待合室の中も、だんだん人が増えて来て、乗船口には、いつの間にか行列ができた。

他に、五島行きの乗船口もあるのだが、こちらは、帰省客らしい男女が並んでいる。それに比べて、オランダ村行きの乗客のほうは、背広姿は少なく、帽子をかぶっていたり、子供が多かったりで、いかにも、これから行楽に行くという感じである。

乗船名簿に住所氏名を書いてから、改札を通って栈橋に出ると、風が冷たく吹きつけてくる。みんな、ちょっと前かがみになって、栈橋を歩き、シャトルライナー「たいよう」に乗り込んだ。

白い船体に、ブルーのラインが入った、百六トンの船である。

定員は、二百三十一名ということだが、ほぼ満席だった。

大きなエンジン音を立てて栈橋を離れ、走り出した。

十津川たちは、ヘイズを先頭に甲板に出た。

風は強いのだが、大村湾の中は、波静かで、湖のようだった。

前方に、湾をまたぐ格好で、西海橋が見えて来た。その橋の下を通過するときは、子供たちが上を見上げて、歓声をあげた。

早岐で降りた団体客のバスは、この西海橋を渡って、オランダ村へ行くのだ。

西海橋を抜けると、渦潮が見えた。鳴門のそれに比べると、はるかに小さいが、それでも、周囲に波がないので、目立つ。

「ここで、死体を投げ込んだら、浮かんで来ないんじゃありませんか」

と、西本がいった。

亀井が、あわてて、

「ミスター・ヘイズには、そんなことはいうなよ」

「大丈夫です。彼には、日本語はわかりませんよ」

「いや、信子さんから習っていると思うよ」

と、十津川がいった。

船内放送が景色の説明をしているのだが、ヘイズが、ときどき肯いたりしているからだった。

そのアナウンスが、間もなく、オランダ村へ到着することを告げている。

深い入江に向かって船は、スピードをゆるめて入って行く。

オランダ風車や、三本マストの観光船などが、視界に入って来た。

子供たちが、やたらにはしゃいでいる。船が桟橋に着き、乗客は下船を始めた。

2

ここで、議論になった。

予定では、オランダ村を見物してから、長崎市内のホテルへ行くことになっていたのだが、ヘイズが、どうしても、その気になれないから、ホテルに直行したいと、言い出したのである。

その気持ちは、十津川にはよくわかった。妻が誘拐されているのに、呑気に見物はできないだろう。

「しかし、もし連中が、われわれを見張っているとすれば、その指示に逆らうことになりますよ。連中が、その結果、怒って、ミセス・ヘイズに乱暴を働くことがなければいいんですが」

と、ケンドリックスがいった。

　十津川も、それが心配だった。向こうも、ナーバスになっているはずだから、こちらのちょっとした動きにも、警戒を強める恐れがあった。

　結局、ヘイズが折れ、オランダ村は見物するが、短時間にすませることになった。

　オランダ村は、東京ディズニーランドに似ていた。

　ただその規模は、意外に小さい。十津川たちは、足早に歩いた。

　イベント広場では、上海（シャンハイ）雑技団がアクロバットをやっていたが、それも横眼で見て通り過ぎた。

　公衆電話ボックスがあったので、十津川は、長崎のホテルに連絡をとってみた。やまと出版の久保部長が着いているかどうか、確かめるためだった。

　ナガサキ・グランドホテルのフロントは、

「久保様は、もうお着きです。それから、日下様が、十津川様をこちらでお待ちです」

　と、いう。

「すぐ、日下を呼んでください」

　と、十津川は頼んだ。

日下の声に代わった。

「報告がおくれて申しわけありません。あれから、すぐ、宇部へ引き返して聞き込みをやりましたが、信子さんと思える女性が、駅の外へ出たという目撃者は見つかりませんでした。もう一つ手前の下関へも行ってみましたが、結果は同じでした」

「降りた気配はないか？」

「そうです」

「すると、駅の外に出ずに、『さくら』を降りたあと、別の列車に乗ったかな？」

と、十津川はいった。

「私も、そう思います。ただ、どの列車に乗りかえたかわかりません。それで、長崎へ来て、警部をお待ちすることにしたんですが」

「それでいいよ。連中は、信子さんと身代金を交換する気だ。長崎でね」

「そうですか」

「だから、長崎で決着がつくかもしれん」

と、十津川はいった。

十津川は、ヘイズたちの所に戻ると、久保がホテルに着いていると話した。

「それなら、すぐ、ホテルへ行きたい」

と、ヘイズはいった。

今度は、ケンドリックスも反対しなかった。

オランダ村から、直行バスに乗って、長崎に向かった。

大村湾沿いの国道二〇六号線を南下する。二十六聖人上陸の地といわれる時津町を通り、長崎まで約五十五分。

長崎に着いた。午後五時近かった。

まっすぐ、ナガサキ・グランドホテルに直行した。

チェック・インしてから、ヘイズの部屋へ、久保部長に入ってもらった。

「ともかく、見てください」

と、久保は、下げて来たスーツケースを開いた。

百ポンド紙幣が、ぎっしり詰まっていた。

「とりあえず、全部、百ポンド紙幣にして来ました。これで、よかったですか？」

と、久保が英語でヘイズにきいた。

「ありがとう。これで妻を助けられます」

ヘイズが礼をいった。傍から、ケンドリックスが、

「ヘイズ夫人が誘拐されたことは、誰にもいわなかったでしょうね？」

と、久保にいった。

久保は緊張した顔で、

「もちろん、一言も喋っていません。このお金も、銀行にはイギリスに商用旅行をするのでといって、用意してもらいました」

そのあと、久保は十津川に向かって、

「どんな具合なんですか？」

と、きいた。

「連中が電話をして来てからが、勝負です。必ず、夫人は助け出しますよ」

十津川は、わざと笑顔でいった。

WRPが、何時に電話をかけてくるかわからなかった。

十津川たちは、ルームサービスで、夕食を部屋に運んでもらい、交代ですませておくことにした。

午後六時を過ぎたが、電話はかかって来なかった。

午後七時になって、やっと電話が入ったが、それは十万ポンドを用意したかというもので、ヘイズが肯くと、相手はすぐに切ってしまった。

「逆探知されるのが、怖いんだよ」

と、ケンドリックスがいった。

十津川は、ヘイズに向かって、西本がホテルの売店で買ったテープレコーダーを示して、

「これで電話の声を録音したいと思いますが、かまいませんか？」

と、きいた。

ヘイズは小型のテープレコーダーを見て、

「それで、録音できますか？」

「アダプターがついていますから、可能です」

「それなら、あなたのやりたいようにやってください。ここは、日本ですから」

と、ヘイズはいった。

十津川は、ほっとした。これなら、何とか主導権を持って、この誘拐に対応できそうである。

ヘイズの気が変わらないうちにと、十津川は部屋の電話機に、テープレコーダーを接続した。

それから三十分ほどして、二回目の電話がかかった。

十津川が、テープレコーダーのスイッチを入れ、ヘイズが受話器を取る。こんなと

ころは、非常に協力的だった。

男の声が、英語で切り出した。

——ミスター・ヘイズか？

「そうだ、WRPの人間か？」

——金はできたか？

「ああ、ここに用意した。私の妻は、無事だろうな？」

——無事だ。危害は、加えていない。

「それなら、妻の声を聞かせてほしい」

——彼女は、別の場所に監禁している。十万ポンドと引き換えに引き渡すことは、約束する。

「どうすればいい？」

——百ポンド紙幣で千枚にしろ。

「そろっている」

——それを、頑丈なアタッシェケースに入れてカギを掛けておけ。

「わかった」

——受け渡しについては、明日、もう一度連絡する。

「明日の何時だ？」

――それはいえないが、ＪＲ長崎駅の構内の配置について、研究しておけ。

「何のためにだ？」

――明日になればわかる。こちらの指示は忘れるなよ。忘れたら、奥さんは戻らないと思え。

「妻は、本当に無事なんだろうな？」

――大丈夫だよ。安心しろ。

　それで、電話は切れてしまっている。

「長崎駅の構内の配置について研究しておけというのは、どういう意味だと思いますか？」

　珍しく、ケンドリックスのほうから、十津川に質問してきた。

「多分、犯人は現金の受け渡しの場所として、長崎駅の構内を利用する気なんでしょう。こちらは、あなた方はもちろん、われわれも東京の人間ですから、長崎駅のことはよく知りません。コインロッカーがどこにあるか、トイレがどこかなどです。犯人としては、駅構内の、どこそこに十万ポンドを置けと指示しても、こちらが場所を間違えては困る。そう思ったんだと思いますね」

十津川がそう答えると、ケンドリックスは、眉を寄せて、

「相手は、誘拐犯人ですぞ。そんなふうに、まともに受け取っていいものだろうかね？」

「では、どう考えたらいいと、思われるんですか？」

「警察は、当然、長崎駅の構内に警官を配置する。注意も駅構内に集中する。そうしておいて、ミスター・ヘイズをまったく別の場所に呼び出すとは思いませんか？」

と、ケンドリックスはきいた。

「なるほど。犯人の言葉の逆を考えるわけですね」

「当然でしょう。相手は、凶悪犯ですからね。まともなことをいうはずがない。それとも、日本の警察は、犯人のいうことをうのみにするほど、甘いんですか？」

ケンドリックスは、皮肉な眼つきをした。

十津川は、一瞬、むっとしながらも、努めて笑顔になって、

「われわれだって、そんなに甘くはありませんよ。それに、これが罠だとしても、長崎駅構内を調べておかなければならんでしょう？　万一のことがありますから」

「確かにね。だが、あくまでも、用心をしてのことにしてほしい」

と、ケンドリックスはなおもいった。

十津川は、亀井を連れ、二人だけでJR長崎駅へ調べに出かけた。

午後八時を廻っている。

外から駅を見ると、改めて、県庁所在地の玄関としては、小さな構えだと思う。長崎の街自体が、小さいせいだろう。

特徴のある三角屋根の正面に、大きな丸時計と長崎駅の表示がある。

一階のコンコースはまだ明るく、賑やかだった。明かり取りの窓には、赤、青、黄色のステンドグラスがついていて、その色がやたらに目立っている。

十津川たちは、まず駅長室に行き、駅の平面図を、何枚かコピーしてもらった。

そのあと、実際に歩いてみて、平面図に書き入れていくことにした。

駅前にタクシー乗り場やバス停があるのは、他の駅と同じだが、その頭上が高架広場になっているところが、一風変わっている。

駅前が狭いので、窮余(きゅうよ)の一策ということなのか、テニスコートが五、六面は入る広さである。この時間でも、この高架広場には、何組ものアベックがいた。電話ボックスもあって、若い女の二人連れが、電話をかけている。

この広場から、歩道橋が四方に伸びていた。

二人は、駅前に向かって階段を降りて行った。降りて右手に、長崎駅前警察官派出所がある。中に若い警官が一人いた。が、十津川たちは、何の連絡もしてなかったので、十津川がのぞき眼が合っても、相手は無表情だった。

派出所の斜め前あたりに、オランダ村行きのバス停がある。

コンコースの左端にプレハブ造りの鉄道警察隊の建物があり、駅の庇(ひさし)の下に入ると、洒落(しゃれ)た造りのトイレ、コインロッカーが並んでいる。

コインロッカーは、通路にむき出しで並べてなくて、赤レンガの入口から入り、その奥にずらりと並んでいる。

その先に、オランダ村案内所、駅長室、ルミエット(ハンバーガーショップ)、トレインドール(持ち帰りパンと軽食)と並び、コンコースの入口に到る。

十津川と亀井は、そこからコンコースの中に入った。左手に、切符売場やインフォメーション・センターがあり、切符売場の裏側では、キヨスクがまだ店を開いていた。

中央奥は待合所になっていて、この時間でも、かなりの人たちが、ベンチに腰を下ろしている。これから出る列車に乗る人もいるだろうし、出迎えや見送りの人もいるに違いない。

待合所の中央には、円筒形の水槽が置かれ、十津川が名前の知らない南の魚が泳いでいた。

待合所の奥の壁際に情報ボードがあり、その横に宅配ポストが置かれている。最近、よく駅の構内で見かけるもので、自分で計量し、金を払って、ロッカーに入れておくと、宅配してくれるシステムになっている。

「まさか、犯人が、これで身代金を送れということはないでしょうね？」

亀井が、赤いロッカーに眼をやっていった。

「犯人が、指示することはないよ。そんなことをすれば宛先がわかるから、自殺行為だ。ただ身代金を奪ったあと、あらかじめ用意しておいた袋に詰め替えて、このロッカーの中に放り込むことは考えられるね。前もって百ポンド紙幣で、十万ポンドの重さを測っておいて、その料金を計算して、袋を用意しておけばいいわけだからね」

「うまくやれば、犯人は、手ぶらでこの駅を出られますね」

「身代金を持っていなければ、犯人だという証拠にはならないからね」

「とすると、この宅配ポストは、マークする必要がありますね」

と、亀井はいい、持って来たインスタントカメラで、何枚も写真を撮った。

十津川は、入念に調べた。システムは、まず五百円で宅配使用の袋を買う。その中に送りたい品物を詰め、重さを自分で測って、料金を払って、ロッカーに入れておけばいいのである。

十津川は、五百円で袋を一つ買った。果たして、その中に十万ポンドの札束が入るかどうか調べるためだった。

そのあと、二人は、待合所の横の改札口から、ホームに入ってみた。

ホームは二本だけで、一番線から四番線までである。

キヨスクは、間もなく、閉まろうとしていた。営業時間は六時五〇分から二〇時一五分で、キヨスクの横に電話がある。

一番線から、特急「かもめ36号」が発車して行くのが見えた。

時刻表を見ると、到着する特急列車は何本かあるが、発車して行く特急列車は、この「かもめ36号」が最後である。

再び、十津川と亀井が改札口を出てコンコースに戻ると、急に人の姿が少なくなって、がらんとしてしまった。

待合所にいた人たちのほとんどが、「かもめ36号」の乗客か見送りだったのだろう。

九時を過ぎると、表のトレインドールが、閉店の準備を始めた。

制服姿の鉄道警察官が、パトロールしているのに出会った。

十津川と亀井は、二人の警官をやり過ごしてから、顔を見合わせた。

「ちょっと、まずいですね」

と、亀井が呟いた。

亀井のいう意味は、十津川にもすぐわかった。

長崎駅は、もともと狭いが、現在、その半分が工事中で、なおさら狭くなっている。そこへ、制服姿の警官が二人、パトロールしているのは、嫌でも目立つ。普通の場合ならいいのだが、この構内で身代金の受け渡しがあるとき動き廻られると、犯人が警戒してしまう恐れがある。

「時間が決まったら、パトロールは、やめてもらわなきゃならないな」

と、十津川はいった。

二一時五〇分になると、観光案内所も客が来なくなって、半分カーテンを引いてしまった。

二二時二〇分に、特急「かもめ33号」が、到着した。意外に、降りて来る乗客は多かった。

このあと、二三時五九分に「かもめ35号」が到着したが、これもほぼ満員だった。

秋の観光シーズンで、関西方面へ行っていた地元の人たちが帰って来たのだろう。

二四時を過ぎて駅の明かりが消えた。シャッターが下りた。

これを確かめてから、十津川と亀井は、コンコースから外に出た。

さっき見たコインロッカーだけは、まだ電灯がついている。コインロッカーは、二十四時間、利用できるようになっているせいだろう。

二人は、ホテルに帰ることにした。

二人が持ち帰った駅の平面図と撮影した写真、それに十津川たちの説明をもとに、深夜の会議が開かれた。

「ずいぶん狭い駅ですな」

と、ケンドリックスは、半ば面白そうに、半ば馬鹿にしたような顔で、平面図に眼をやった。

「問題は、犯人たちが、なぜ、駅を選んだかだな」

ヘイズが、むずかしい顔でいった。

「その点は、同じ疑問を持ちます」

と、十津川はいった。

犯人は、何か利点があるから、長崎駅を選んだに違いないのだ。

長崎は、名所、旧跡の多い所である。そこを身代金受け渡しの場所に指定してもいいのに、なぜJRの駅にしたのか？

「駅には、犯人にとってどんな利点があるんだろうか？」

ケンドリックスは、腕を組み、考え込んでいる。

「一見したところ、利点は一つもないように見えるがね。二十人の警官を使えば、このくらいの駅は、完全に包囲できるだろうからね」

ヘイズが、険しい眼つきでいった。

「包囲しますか？」

と、十津川がきくと、ヘイズは首を強く横に振って、

「それは、やめていただきたい。私は、わがままかもしれないが、何としてでも、家内(ワイフ)を助け出したいんですよ。犯人を袋の鼠(ねずみ)にしてしまったら、家内を殺す可能性がある。それだけは、やめてほしいのです。十万ポンドも惜しくはない。何としてでも、家内を助けてください」

「わかっています。人命第一が、日本の警察のモットーです」

と、十津川は約束した。ヘイズの妻は、元は捜査一課の人間だったのだ。何としてでも助けたい気持ちに変わりはない。

北条刑事の通訳で、三人のやりとりを聞いていた亀井が、

「時刻表によると、一時間に、四本か五本の割合で、列車が到着します。ホームとコンコースは、ほとんど距離がありませんから、降りて来た乗客が、あっという間に、改札口を出て来て、コンコースにあふれます。犯人は、それを利用する気じゃありませんか？」

「どういうことですか？」

と、ケンドリックスがきいた。

「例えば、この待合所で、身代金の受け渡しをやるとします。犯人が列車の到着にタイミングを合わせておけば、十万ポンドを奪った瞬間、どっと改札口を出て来た乗客の流れの中に、逃げ込むことだって可能です。少なくとも、拳銃で犯人を射つことはできませんよ」

と、亀井はいった。

ケンドリックスは、肯いて、

「犯人が、日本人だとしたら、われわれには、見分けがつかなくなる恐れはありますね」

と、ヘイズにいった。

ヘイズは、ケンドリックスに眼をやり、また十津川を見て、

「すると、今は、犯人が、列車の到着時刻を使うことと、宅配ポストの利用をするのではないかの二点が、考えられるわけですね？」

「それは、あくまでも可能性の問題です。宅配ポストについていえば、持ち帰ったその袋に、十万ポンドの紙幣が果たして入るものかどうか、調べてみる必要があると思いますね」

十津川は、ビニール・コーティングした宅配便の袋をテーブルの上に置いた。

西本刑事が、アタッシェケースから、百ポンド紙幣の束を取りだして、袋に入れてみると、十万ポンドは楽に入ってしまった。

「犯人が二人いて、一人が受け取り、もう一人がそれを素早く、この袋に入れかえることは可能だね」

と、ヘイズがいった。

「問題は、犯人、いや犯人たちの意識にあると思いますね」

と、いったのはケンドリックスだった。

「意識というのは、どういうことですか？」

十津川が、きいた。

「犯人たちは、WRPと名乗っています。政治的な思想を持つテロ集団とすれば、われわれが、今考えたような細かなことは考えず、例えば長崎駅の構内で、身代金を受け取ったあと、いきなり群衆の中に爆弾を投げ込み、その混乱に乗じて、姿を消すことだって、十分に考えられますよ」

「そんなことをされたら、日本人が多数、犠牲になってしまいますよ」

亀井が、抗議するようにいった。が、ケンドリックスは、平静な表情で、

「確かに、何人、いや、何十人もの死傷者が出るでしょうが、WRPにいわせれば、日本人は、ミスター・ヘイズの味方をしているのだから、その報い（むく）を受けただけのことだというでしょうな」

「冗談じゃない！」

「しかし、テロ集団というのは、そういうものですよ。考えてみれば、駅というのは多くの人間が集まる場所だから、テロをするには、最適かもしれませんね。名所、旧跡だと、日時によって、人間が集まっていないことがあるが、駅は、列車の発着のたびに人があふれるわけですからね」

ケンドリックスは、あくまで平静ないい方だった。日本の警察と違って、テロに慣れているせいかもしれないし、ヨーロッパ人特有の思考なのかもしれない。

十津川や亀井は、ケンドリックスのように冷静ではいられなかった。

もし、ケンドリックスのいうような事態になったら、亀井と二人で駅の構内を歩いて調べたことなど、何の意味もなくなってしまうし、最悪の事態を想像して行動しなければならなくなる。

「今、確認できるのは、あなたの奥さんの無事がわかるまでは、十万ポンドは、犯人たちに渡すべきではないということですね」

ケンドリックスは、それが結論のようにいい、ヘイズを見た。

「私は、そこまで、慎重に行動できないと思いますよ。家内が無事だといわれたら、それを疑わずに、十万ポンドを払ってしまいそうだ」

と、ヘイズはいった。

第四章　長崎駅三番線

1

夜明けが近づいた。

十津川は、ほとんど眠れなかった。ケンドリックスの発言のせいだった。

ＷＲＰが、どんな組織なのか、十津川にはわからない。ヘイズの小説の中に出てくるのを読むと、世界同時革命を目指すテロ組織になっている。イギリスの大臣を暗殺したり、日本に集まった各国首脳を、時限爆弾で吹き飛ばそうとしたりするのである。

そのとおりの組織とすれば、ケンドリックスのいったように、身代金を手に入れたあと、長崎駅を爆破しかねないのだ。

それに、時限爆弾でも仕掛けられたら、それを見つけ出すのは、至難の業である。

長崎駅は小さな駅だが、それでも、爆弾を仕掛ける場所は、いくらでもあるからだ。例えば、二十四時間営業しているコインロッカーだって、格好の場所になるだろう。それに放り込んでおけばいいのだから簡単だ。

「ミスター・ケンドリックスの心配は、杞憂だと思いますね」

と、亀井が朝食のときに、十津川にいった。

「なぜだい？　カメさん」

「ＷＲＰの目的は、何だろうと、ずっと考えていました。ミスター・ヘイズを殺すことなのか？　もし、それが目的で、テロが平気な組織なら、今晩、われわれは生きていないと思いますね。われわれは夜行列車、『オランダ村特急』、それに船と乗りついで、長崎へやって来ました。その間に爆薬を仕掛けるチャンスは、いくらでもあったわけですよ。そして、これは成功していたと思います。何人、何十人の人間も死んでいたでしょうが、ヘイズ夫妻も、確実に死んでいたはずです。しかし、犯人はそれをやらずに、ミセス・ノブコを誘拐し、十万ポンドの身代金を要求して来ました。これにしても、長崎駅を爆破するといえば、百万ポンドでも一千万ポンドでも、要求できたはずです。それなのに、犯人はやっていません。ということは、犯人は、日本人を巻き添えにするようなテロはやらないと、決めているんじゃないかと思うのです」

「WRPは、日本人を、敵に廻したくないと思っているということかな?」

「そう思いますね。集団的なテロが流行らなくなったということもあるでしょうし、WRPは、あくまでもイギリスが本部で、日本は支部でしかないということもあると思います。日本人も混ざっているようですからね。犯人の今の目的は、まず、十万ポンドを手に入れることだと思うし、そのために、他の日本人を死傷させる気はないと考えますね」

「すると、爆弾は使用せずか」

「拳銃は使うかもしれませんが、大量殺人をやる気はないと思います」

と、亀井はいった。

「私も、そうあってほしいと思っているんだがね」

と、十津川はいった。

十津川も、亀井の意見に賛成だった。テロをやる気なら、すでに行なわれているに違いない。

ただ、十津川は、日本の警察の責任者として、あらゆるケースを想定して、心の準備をしていなければならないのだ。

万一、犯人が、長崎駅の構内で爆弾を使用して、多数の死傷者が出た場合、こんなケースは、考えもしなかったとはいえないのである。

（むずかしいな）

と、十津川は思っていた。

犯人は、時間を指定してくるだろう。そのとき駅の構内から、すべての乗客を閉め出し、到着する列車は、長崎の手前で止めてしまえば、テロは未然に防げるだろう。しかし、無人の駅に、刑事だけが張り込んでいたら、当然、犯人は姿を見せない。それどころか、怒って、人質の信子を殺してしまう恐れがある。

とすれば、テロの恐れがあっても、駅構内の規制はできないことになる。

（結局、相手の出方を待って、動くより仕方がない）

と、思う。他に方法がないからである。

午前中、犯人は連絡して来なかった。

ヘイズとケンドリックスも、朝早くから起きて電話の傍にいた。

ケンドリックスのほうは、時間がたっても落ち着いていたが、ヘイズのほうは、正午を過ぎても犯人からの電話がないと、次第にいらだって来て、部屋の中を歩き廻り、宙に向かって悪態をついた。

無理もない。彼の妻、信子が誘拐されてから、すでに二日が経過しているのだ。

「食事をしてください」

と、十津川がすすめても、ケンドリックスは、食事を始めたが、ヘイズは、近くにあった椅子を蹴飛ばし、

「畜生！　犯人の奴、何をしてやがるんだ！」

と、怒鳴った。

北条刑事は、最初、ヘイズの独り言まで通訳していたが、そのうちにやめてしまって、遠くから見守るようになった。傍にいると、彼の蹴飛ばした椅子が飛んで来るからだ。

午後三時。

やっと、電話が鳴った。

「落ち着いて、応対してください」

と、ケンドリックスが、ヘイズに注意した。

「わかってる！」

ヘイズは大声でいって、受話器を取った。

「おそいぞ！」

と、ヘイズはいきなり相手に向かっていった。

2

――ヘイズだな？

「そうだ。家内は、無事か？」

――元気だから、安心しろ。

「声を聞かせてくれ」

――あとで聞かせるよ。いいか、よく聞くんだ。お前一人で、十万ポンド入りのケースを持って、長崎駅へ行くんだ。

「そのあとは？」

――お前の部屋のドアのノブに、キーをかけておいた。そのキーは、駅のコインロッカーのキーだ。駅へ行き、そのロッカーを開けてみろ。

「その後は、どうなるんだ？」

――ロッカーを開ければわかる。

「家内の声は、いつ、聞かせてくれるんだ？」

——それも、ロッカーを開ければわかるよ。警察には、いうなよ。奥さんが死ぬぞ。

それで、電話は切れた。

ヘイズは、あわてて部屋から出て、ドアを調べた。確かに、ノブにキーがかけてあった。

ヘイズは、十万ポンドの入ったアタッシェケースを持って、十津川たちに向かって、

「家内（ワイフ）が無事に戻るまで、絶対に手は出さないでくれ」

と、睨むようにしていった。

「わかりました。が、われわれも駅の構内に行きますよ」

と、十津川はいった。

ケンドリックスは、用意した小型マイクをヘイズに装着させた。

背広の下につけさせ、受信機は、ケンドリックスと十津川が持つことになった。

まず、ヘイズがホテルを出て、アタッシェケースを持って駅に向かった。

少し間を置いて、十津川と亀井がホテルを出る。

西本たちは、先に駅に行っていた。

ケンドリックスは、独自に動きたいといい、いつの間にか姿を消している。

十津川と亀井が駅に着いたとき、ヘイズがコインロッカーから出て来るところだった。

左手にケースを下げ、右手に小型のトランシーバーを持っている。

ヘイズの声が、十津川のイヤホーンに聞こえた。

――コインロッカーに、トランシーバーが入っていた。メモによれば、これを使って指示をあたえるといっている。トランシーバーの周波数は――ヘルツだ。

「どうしますか？　同じ型のトランシーバーを買って来ますか？」

と、亀井が小声で十津川にきく。

「間に合わんよ。どんな指示がくるのか、ミスター・ヘイズがいちいち教えてくれるはずだ」

と、十津川はいった。

西本が、近寄って来た。

「犯人はミスター・ヘイズに、トランシーバーを使って指示をあたえる気だ。この近くで、トランシーバーを持っている人間を探せ」

と、十津川は彼にいった。

ヘイズは、トランシーバーを耳に当てながら、コンコースに入って行く。

列車が着いたらしく、観光客らしい人たちが、改札口からあふれて来た。

ありがたいことに、ヘイズは背が高いので、見失うことがない。

——犯人は、電話のところへ行けといっている。家内(ワイフ)に連絡させてくれるらしい。

ヘイズの声が、十津川のイヤホーンに聞こえる。

彼は、相変わらず、トランシーバーを耳に当てたまま、インフォメーション・センターの裏手にある公衆電話のところに歩いて行く。

——今、電話番号をいって来た。23・143×だ。ここに電話する。

ヘイズは、硬貨を取り出し、電話をかけている。

気がつくと、隣りの電話で身体の大きな外国人が、同じように電話をかけていた。

ケンドリックスだった。

ヘイズの声が、彼の身体に取りつけたマイクを通して、十津川の耳に聞こえてくる。

――ノブコか？　大丈夫か？　待っていろよ。絶対に助け出してやるからな。今すぐに――。

それで切れたらしく、ヘイズが小声でののしっている。

十津川は、亀井に、ヘイズのいった電話番号のメモを渡した。

「ここに、彼女が監禁されているらしい。日下刑事と見つけてくれ」

「わかりました」

と、亀井は緊張した声でいい、十津川の傍を離れて行った。

ヘイズのほうは、待合所へ行き、ベンチに腰を下ろした。犯人からの次の指示を待つのだろう。

ケンドリックスは、待合所傍のインフォメーション・センターに来て、係の人間と喋り始めた。もちろん、眼はヘイズに向けたままだ。

ヘイズは、トランシーバーを耳に当てたまま、じっとベンチに腰を下ろしている。

また改札口から、どっと人があふれて来た。特急列車でも到着したのだろう。

ヘイズは、立ち上がったと思うと、また腰を下ろす。いらだっているのが、手にとるようにわかった。

五分、十分とたってから、急にヘイズが立ち上がって、切符売場に向かって歩き出した。

――入場券を買って、一番線ホームに行けといわれた。

と、ヘイズがいっている。

十津川は、警察手帳を見せて、改札口を抜け、一番線ホームに歩いて行った。

西本、清水、それに早苗の三人も、ばらばらに一番線ホームに入って来た。

入場券を買ったヘイズも、アタッシェケースを下げて、一番線ホームにやって来た。

ホームはかなり長い。

〈歓迎　ようこそ碧(あお)いロマン長崎へ〉

と書いた看板が、やたらに立っている。

古い造りで、木組みの天井である。その天井から、「喫煙コーナー」という看板が下がっているあたりに、キヨスクがある。

十津川と西本が、キヨスクの陰にかくれ、清水と早苗は、二つのホームをつなぐ跨線橋のあたりにいた。

ヘイズは、キヨスクの近くのベンチに腰を下ろした。そうしろという指示があったのだろう。

ケンドリックスは、コカ・コーラの自動販売機の前に立ち、コインを投入し、コーラを取り出した。

一番線に、特急「かもめ19号」が到着した。一六時一六分。定刻である。

かなりの乗客が降りて来る。博多、関西方面からの観光客もいるようだし、土産物を持った地元の人もいるようだ。

彼らは、ヘイズには眼もくれず、改札口のほうへ歩いて行く。

それでも十津川は、その中の誰かが、ヘイズに接触しないかと、じっと見守っていた。潮が引くように乗客たちは消え、ヘイズは、相変わらずトランシーバーを耳に当てて、ベンチに腰を下ろしている。

突然、ヘイズの顔色が変わった。

立ち上がって、隣りのホームに眼をやった。

——三番線！


と、ヘイズは叫ぶようにいったかと思うと、跨線橋に向かって駆け出した。

一瞬、十津川には、何が起きたのかわからなかった。

隣りのホームの三番線には、鳥栖行きの普通電車が、入っている。

ヘイズは、のめるように、跨線橋を駆け上がって行く。

十津川と西本も、あわててその後を追った。

跨線橋の傍にいた清水と早苗も、十津川の後に続いた。

ヘイズが息を切らせながら跨線橋を渡り、隣りのホームに駆け下りた。

二両編成の電車は、もう動き出していた。白い車体にブルーのラインが、ゆっくりとホームを滑って行く。

ヘイズがトランシーバーを投げ捨て、必死で走る。

最後尾の窓がまるで、ヘイズに向かって、手招きするように開いている。

ヘイズは、その窓の隙間に向かって、十万ポンド入りのアタッシェケースを投げ込むと同時に、その場にへたり込んだ。

長身のケンドリックスと十津川たちが、ヘイズを追い越してホームを駆けた。

だが、スピードを増した電車は、たちまちホームを通り越して、離れて行った。

十津川は、息を切らしながら、遠ざかって行く電車を睨んでいたが、駅員の一人をつかまえると、

「今の電車の次の停車駅は？」

と、大声できいた。

その駅員は、険しい十津川の顔を見て、びっくりしたように、

「何のことですか？」

「今の電車の次の停車駅だ！」

と、いつもは丁寧な口調の十津川が怒鳴った。

「浦上です」

「浦上には、何分に着くんだ？」

「三分後です」

「三分？」

「そうです」

「すぐ、浦上駅に連絡して、今の電車に、黒いアタッシェケースを持った人間が乗っているから、そいつを捕まえるようにいってくれ」

十津川は、警察手帳を見せていった。

駅員が、あわてて駆け出した。一緒に十津川も走った。

駅長室に飛び込むと、そこにいた助役に話をした。それを横から十津川が説明する。

助役は、すぐ専用電話で、浦上駅に連絡をとってくれた。

「今、鳥栖行きの362列車が、着いたところだそうです」

と、助役が受話器に耳を当てたまま、十津川にいった。

「その電車を停めておいて、車内を調べさせてください。黒のアタッシェケースを持った乗客を捕まえてほしいんです」

「男ですか？　女ですか？」

「それが、わからないんです」

「わかりました」

と、助役はいった。

五分、六分と過ぎた。

助役は、何か報告を受けているようだったが、

「車内に、アタッシェケースを持った乗客は、いないそうです。アタッシェケースも、見つからないといっています」

「いない？」

「わずか二両ですから、隅から隅まで調べたと、いっています。乗客を降ろしていいか、出発していいかと聞いていますが」

「いいですよ」

と、十津川はいった。

駅長室を出ると、ヘイズやケンドリックスが待っていた。

十津川が英語で説明すると、ケンドリックスは、小さく肩をすくめて、

「当然だ。十万ポンドは、その列車が次の駅に着くまでの間に、窓から投げ捨て、待ち構えていた共犯者が持ち去ったに決まっている。日本の警察は優秀だから、当然、沿線にも手配したんでしょうな？」

「手配しますよ」

「これからですか？　どうも後手、後手を踏んでいるようで、歯がゆくてならん」

と、ケンドリックスは眉を寄せていった。

十津川は、さすがにむっとして、

「犯人たちが、テロ行為に訴えるかもしれないという発言もあったもので、手配が万全でなかったことは認めますよ」

と、皮肉をいった。

ヘイズは、二人の間に割って入る感じで、

「十万ポンドを、犯人に奪われたことは、何とも思っていない。むしろ、家内の安全のためには、よかったんじゃないかと思っていますよ」

「それは、甘い考えですぞ」

と、ケンドリックスは厳しい声でヘイズにいった。

ヘイズが黙っていると、ケンドリックスは続けて、

「誘拐犯は、目的を達してしまえば、唯一の目撃者である人質は、消してしまおうと考えるはずです。WRPはテロ集団ですから、なおさらです」

「わかっているよ。だが、私は、家内を無事に助け出せると信じたいんだ。ミスター・十津川、家内が監禁されている場所はわかりますか？」

「今、私の部下二人が探しています。電話番号がわかっていますから、見つかると思いますよ」

と、十津川はいった。

「見つかったとしても、犯人は、すでに逃げてしまっているだろう」

ケンドリックスが、醒めたいい方をしたとき、駅務室から助役が出て来て、

「十津川さんに電話です」

と、いった。

十津川が、受話器を受け取ると、亀井からだった。

「やっと、見つけました。場所は、稲佐山観光ホテルの近くで、第一スカイマンションの601号室。犯人たちは、すでに逃走していましたが、今、日下刑事が聞き込みをやっています」

「すぐ行く」

と、十津川はいった。

3

十津川たちは、二台のタクシーで、そのマンションに急行した。

長崎の町は、長崎港を中心に広がっている。周囲に山が迫っているので、円形に広

がることができず、南北に細長く伸びている。長崎港に注ぐ川が、浦上川で、その上流に浦上がある。

十津川たちの車は、浦上川を渡って稲佐町に向かう。山が迫っていて、山頂には長崎の街を一望できる展望台がある。

その中腹に、稲佐山観光ホテルがあり、そこへの途中に問題のマンションがあった。

亀井と日下が、十津川たちを待っていて、早口に事情を説明した。

「連中は二人で、白人の男と日本人の女です。このマンションは、今流行の一週間単位で借りられるもので、三日前に日本人の女が借りています」

日下刑事が説明するのを、早苗がどんどんヘイズとケンドリックスに通訳していく。

「家内(ワイフ)は無事なんですか？」

と、ヘイズが早苗の通訳の途中できいた。

「今、彼らの借りていた601号室を見て来ましたが、人が殺された形跡はありません」

「見てくる！」

と、ヘイズは叫ぶようにいい、エレベーターに飛び乗った。

「日下君、君が案内して」

と、十津川がいった。

そのあとを引き継ぐ形で、亀井が説明を続けた。

「601号室の電話は、間違いなくミスター・ヘイズが掛けたナンバーです。しかし、ミセス・ヘイズを見た人はいません。もちろん、男女二人が、隠して連れ込んだせいだと思います」

「それで、連中は、いつここを出て行ったんだ？」

と、十津川がきいた。

「それもわかりませんが、連中は白いライトバンを持っていたようです。おそらく、どこかで盗んだものと思います。人質も、その中に乗せて逃げたと思いますが、行き先は不明です」

「北へ向かったんだ」

と、十津川はいった。

「なぜ、北とわかりますか？」

「ここから、北の方向に浦上駅がある。たぶん、この二人が列車から投げる十万ポンドを、受け取ったに違いないからだよ」

「そのあとは、どこへ行ったかわからんでしょう？」

「そこまでは、わからんよ」

と、十津川がいったとき、ヘイズがエレベーターから飛び出して来た。

彼は、ケンドリックスと十津川に、

「これを見てくれ！」

と、大声でいい、一枚の地図を広げて見せた。

長崎県の地図だった。

それに、二つ×印がついている。一つは、長崎駅と浦上駅の途中であり、もう一つは佐世保市だった。

「601号室に、丸めて捨ててあった。×印の一つは、列車から投げる十万ポンドを受け取る場所だろうし、佐世保のほうは、ここまで逃げて、ここからフェリーに乗る気じゃないかね」

ヘイズは、早口でいった。

ケンドリックスが、白のライトバンのことをヘイズに説明した。

「それなら、家内（ワイフ）も、一緒にその車に乗っている可能性があるな」

と、ヘイズは眼を輝かせた。

「少なくとも、このマンションでは殺されていません」

と、十津川はいってから、

「こうなったら、長崎県警に事情を話して、佐世保で非常線を張ってもらいましょう」

「それはやめてください！」

と、ヘイズが叫ぶようにいった。

「しかし、今なら、非常線を張れば、連中を逮捕できるかもしれませんよ」

「だが、家内(ワイフ)は殺されてしまう。少なくとも、ここまでは殺されてないのは、犯人たちが、成功していると思っているからだ。それなのに、逃げる先に非常線が張られていれば、連中は家内(ワイフ)を殺してしまうはずだ。だから、われわれだけで、犯人を追いかけてほしい」

「しかし、このままでは後手を踏みますよ。佐世保に先廻りできません」

「わかっています。しかし、今は少しでも、犯人たちを刺激したくないんです。元警察の人間としては、非常に申しわけないと思うんですが、何としてでも家内(ワイフ)を助けたいのです。わかっていただきたい」

ヘイズは、十津川に向かって嘆願した。

十津川にしても、そこまでいわれると妥協せざるをえなかった。

「わかりましたが、いちいちタクシーを拾っていたのでは、自由に動けません。レンタカーを使いましょう」

と、十津川はいった。

亀井が、日下とすぐレンタカーを借りに行った。

十分ほどして、二人は白のスカイラインを借りて戻って来た。

その一台に、国際運転免許を持つヘイズとケンドリックスが乗り込み、もう一台には十津川たちが乗り込んで、佐世保に向かった。

大村湾沿いに、北に向かって伸びる国道二〇六号線を佐世保に向かって十津川たちの車が、先導する格好で走った。

オランダ村へ来るとき、佐世保から高速船だったのだが、今度は陸上を走る。

走っているうちに、どんどん陽が傾いていく。

「彼女は、まだ無事でしょうか？」

と、走る車の中で、西本が十津川にきいた。

「それは、犯人の考え方によるな。足手まといと思えば、逃げる途中で殺してしまうだろう。人質として、まだ利用できると思えば、殺さずに連れて行くさ」

「後者であって、ほしいですね」

「ミスター・ヘイズも、そう思っているだろう」

と、十津川はいった。

西海橋を渡る頃には、周囲はすでに暗くなっていた。

「犯人は、われわれより、どのくらい先行していると思うか？」

と、十津川は亀井たちにきいた。

「最大一時間と思います」

亀井が答える。

「すると、今頃、犯人たちは佐世保に着いているな」

「ちょうど、着いた頃でしょう」

「陽が暮れたので、明日のフェリーにしようと、犯人たちが思ってくれるといいんだがね。佐世保で逮捕できる」

「フェリーに、乗る気でしょうか？」

「佐世保に×印がついていたとすれば、フェリーしか考えられんよ。佐世保から列車に乗るのなら、他の駅からでもいいわけだからね」

「どんなフェリーがあるか調べてみましょう」

と、亀井はいい、時刻表を取り出した。

「航路は三つですね。佐世保—オランダ村—長崎空港—大村のルート、第二は、佐世保—大島—池島—沖ノ浦。第三は、佐世保から五島列島へのルートです」

「大島というのは、佐世保のすぐ傍の島だろう?」

「そうです。小さな島です」

「すると、その先へは行けないな?」

「行けません」

「それでは、他のルートだな。五島列島から先へは行けるのか?」

「行けます」

「利用するとすれば、五島列島行きか、オランダ村経由で、長崎空港、大村へ行くフェリーだな」

「五島列島行きの最終は、一三時〇〇分だから、もうありません。もう一つの便は、一七時〇〇分が最終ですから、これも、もう出てしまっていますね」

「すると、フェリーに乗るなら明日の便だな」

と、十津川はいった。

「五島列島行きの第一便は、午前八時〇〇分。もう一つは九時〇〇分です」

「そのどちらかに乗る可能性があるね」

と、十津川はいった。

二台のレンタカーが、佐世保市内に入ったのは、午後七時に近かった。

4

市内のホテルに入って、今後の行動を協議した。

「私は、まだ、家内（ワイフ）は生きていると信じています。そう思わなければ、これ以上、犯人を探す意欲がなくなってしまいます。犯人たちは、家内を車の中に監禁して、この佐世保市のどこかにいるのだと思っています」

と、ヘイズがいった。

「ホテルや旅館には泊まっていないでしょう。人質がいますからね」

亀井が、遠慮がちに自分の意見をいった。

「その点は、同感ですな」

珍しく、ケンドリックスが肯いた。

「車の中かね?」

と、ヘイズがケンドリックスにきく。

「そう思います。明朝まで車の中にいて、第一便のフェリーに乗る気でしょう。われわれが佐世保に来ているとは、知らんでしょうから」

「それなら、こうして、考えていても仕方がない。分かれて探したいんだが」

と、ヘイズが十津川にいった。

「いいでしょう。分かれて市内を探しましょう。白いライトバンで、車内には、白人の男と日本人の女、それに奥さんが乗っていることはわかっていますから、朝までに見つかるかもしれません」

と、十津川も応じた。

ヘイズとケンドリックスが、すぐレンタカーで出かけて行った。

十津川は、もう一台車を借りることにした。

一台に十津川、亀井の二人が乗り、新しく借りたレンタカーには、西本たちが乗って夜の佐世保の街に出発した。

佐世保は人口二十五万、面積二百五十平方キロ。東京と比べたら、はるかに小さく狭い町だが、いざ探すとなると、広い町に見えてくる。

車だって、やたらに走り廻っている。

「もし、連中が車を乗りかえていたら、探しようがありませんね」

と、亀井が運転しながらいった。

「まだ、白いライトバンに乗っていると思って、探すさ。どうしても見つからなければ、明朝フェリー桟橋に行けばいいんだ」

十津川は、励ますようにいった。

白いライトバンを見かけると尾行し、近づいて、その車内をのぞき込んだ。

だが、いっこうに、犯人たちは見つからなかった。

時間だけが、過ぎて行く。

いつの間にか、深夜を過ぎていた。

佐世保の市内を走り廻った末、十津川は、

「桟橋へ行ってみよう」

と、亀井にいった。

「さっき行きましたが、犯人たちは、いませんでした」

「一時間以上前だよ。逃げる犯人の心理として、少しでも早くと考えるから、桟橋に行っているんじゃないかと思うんだ」

「そうですね。行ってみましょう」

亀井は、肯いて、駅前から桟橋に向かってアクセルを踏んだ。

国道を飛ばし、桟橋への標識の出ている場所で、スピードを落として、左に折れる。

車の往来はなく、ひっそりと静まり返っていた。桟橋は、夜明けまで眠っているのだ。

突然、前方で閃光(せんこう)が走った。同時に、周囲の空気をふるわせる爆発音。

何が起きたのかわからなかったが、十津川は、反射的に、

「飛ばしてくれ！」

と、運転している亀井に向かって叫んでいた。

けたたましいサイレンを鳴らして、後方からパトカーが追いかけて来た。一台、二台、三台と、先陣を争うように突進してくる。

桟橋で、何かがあったことは、間違いなかった。

一昨日の昼間見たセンタービルが、見えて来た。どの窓にも、明かりはない。ただ、その無数の窓ガラスに炎が反射して、赤く染まっている。

その炎は、桟橋の根元で炎上している車のものだった。

真っ赤な炎が吹き上げ、黒煙が夜空に舞いあがっている。ときどき炎が強くなるのは、ガソリンに引火するのか、それとも車内に爆発物があるためか。

手前に見覚えのある車がとまり、その傍に、長身のケンドリックスが、呆然として立ちすくみ、燃えている車を見つめていた。

十津川と亀井が、車から降りる。続いて、次々に突入して来たパトカーからも、警官がばらばらと降りて来た。

「危険だ！　どきなさい！」

と、警官の一人が十津川に向かって怒鳴った。

十津川は、そんな制止を無視して、ケンドリックスに近づくと、

「何があったんですか？」

ときいた。

「ミスター・ヘイズが」

と、ケンドリックスは甲高い声でいい、燃えている車を指さした。

炎と黒煙で見えなかったのだが、燃える車の傍に、ヘイズが倒れているのに気付いた。

十津川が駆け寄ろうとすると、ケンドリックスがあわてて、

「危ない！」

と、とめた。

その言葉が、十津川の耳を打った瞬間、新たな爆発と閃光が走った。

破片が、ばらばらと頭上から降り注いだ。反射的に十津川は身を屈めて、ケンドリックスと一緒に車のかげにかくれた。

降り注ぐ破片が車体の屋根に当たって音を立てる。

「救急車は？」

と、十津川は身を伏せたまま、ケンドリックスにきいた。

「呼んでいます」

と、ケンドリックスはいう。

救急車のサイレンの音も聞こえてきた。

また、爆発した。近づこうとしていた警官たちが、いっせいに身を伏せる。

亀井が、十津川の傍ににじり寄って来て、

「ミスター・ヘイズは、死んだんですか？」

「わからん。さっきから見ているんだが、動かない」

「何があったんですかね？」

「あとで、ミスター・ケンドリックスが説明してくれるだろうが、今は、ミスター・ヘイズが、どうなっているか、それが第一だよ」

と、十津川はいい、もう一度、眼を走らせた。

すでに、眼の前の車は、燃えつきようとしている。炎は、次第に勢いを失い、焦げたアルミの枠だけになろうとしていた。

もう、爆発はしないだろう。

十津川が駆け出すと、ケンドリックスが続き、警官や救急隊員も走った。

十津川は、まず、倒れているヘイズの傍に屈み込んで、大声で名前を呼んだ。

かすかに、ヘイズが顔を動かした。

救急隊員が二人、担架を持って、駆け寄った。

「すぐ、病院へ運んでくれ」

と、いっておいて、十津川は、焼け落ちた車の傍へ進んだ。

まだ、煙があがっている。さまざまな匂いが鼻につく。ダイナマイトが爆発していたのか、強烈な硝煙の匂い。だが、それ以上に、肉の焦げる匂いが強烈だった。

死体だった。

少なくとも、三つの死体が、折り重なっている。辛うじて、男女の区別がつく焼死体だった。

手足がもぎ取れているのは、爆発のためか。その中の女性の死体には、両手に手錠がかけられていた。

ヘイズは、救急車で運ばれて行った。

彼の倒れていた場所に、拳銃が落ちていたが、それは、日本の警官が見つけるより先に、ケンドリックスが素早く拾いあげてしまった。

十津川は、それについては何もいわず、

「何があったか、話してください」

とだけ、ケンドリックスにいった。

5

ケンドリックスは、十津川の声が聞こえなかったみたいに、じっと夜空を見上げていたが、

「参りましたよ」

と、小声でいい、溜息をついた。

西本たちの車も到着し、彼らも呆然として、焼けただれた車と死体を見つめていた。

「話してください」

と、十津川は、もう一度、ケンドリックスにいった。

やっと、ケンドリックスは、十津川に眼を向けて、

「私とミスター・ヘイズは、犯人たちがこの桟橋に来ているのではないかと思って、車で来てみたんです」

と、いった。

「われわれも、同じ気持ちで来てみたんです」

「もう少し早く、来てくれればよかったと思いますね」

「続けてください」

「犯人たちの車が停まっていた。ミスター・ヘイズが、妻を返せと叫んで近寄って行った。私は、危険だからやめろと、必死で止めたんだがね」

「私たちが来てからにしてほしかったですね」

「私もそうしたかったが、ミスター・ヘイズとしてみれば、眼の前に奥さんが捕まっているんだし、あなたたちがいつ来るかわからない。それを待っていて、犯人たちに

逃げられたら、もう奥さんを助けられないのではないかと思ったんでしょうね。彼がどんなに奥さんを愛していたかを、私は知っているから、強くは止められなかったんですよ」

「それで、どうなったんですか？」

「犯人たちは、車を桟橋に着けていて、われわれの車が脱出を阻止する形にとまったので、自暴（やけ）を起こしたのかもしれない。いきなり射って来た。ミスター・ヘイズが、それに応戦した。私は、大声で、すぐ日本の警察が駆けつけるぞ！　と、叫びました。そうすれば、犯人たちがひるんで、降伏するのではないかと考えたからです。しかし、犯人たちは、私の声で絶望的になってしまい、持っていたダイナマイトを爆発させたんですよ。突然、車が爆発して、ミスター・ヘイズは、コンクリートの上に叩きつけられてしまいました。爆発は、一度だけでなく、二度、三度と続いて、手の下しようがなかった。ただ、呆然として見ているだけだったんです。犯人たちは、やはり、テロを考えて、ダイナマイトを用意していたんですよ」

ケンドリックスは、また大きな吐息をついた。

「すると、あの死体は、犯人二人とミセス・ヘイズですか？」

「そうです。いきなり連中が、人質もろとも、爆死するとは思いませんでした。追いつめれば、降伏すると思っていたんです。私も、多分、ミスター・ヘイズもね」

「犯人たちの顔は、確認しましたか？　焼け焦げて、よくわからなくなっていますが」

と、十津川がきくと、ケンドリックスは、はっきりと、

「白人と日本人です。日本人のほうは、男の格好をしていましたが、女ですね。声が女性でした。人質のミセス・ヘイズも確認しています」

「犯人たちとのやりとりは、覚えていますか？」

「覚えているし、記録もしていますよ」

「記録している？」

「そうです。私は、スコットランド・ヤードを代表して、日本へ来ているのです。どんな些細なことでも批判されてはならないし、帰国後に、すべてを報告しなければならんのです。ですから、私は、すべてを記録しています」

ケンドリックスは、ポケットから、超小型のテープレコーダーを取り出した。それに、指向性の強いマイクが付いている。

「あとで、聞かせてもらえますか？」

と、十津川はきいた。

「もちろん、お聞かせしますよ」

と、ケンドリックスは約束した。

6

焼け焦げた三つの死体が運ばれて行った。

最初は、女性一人に男二人と、十津川は思ったのだが、男の片方は小柄で、身体つきが細く、ケンドリックスのいうように、女性の可能性が強くなった。

死体は、解剖されれば、くわしくわかるだろう。

十津川たちは、佐世保警察署に行き、署長や県警本部長に事情を説明した。こうなって来ては、事件を隠しておくわけにはいかなかったからである。

ヘイズは、近くの病院に運ばれ、手当てを受けている。十津川は、北条早苗に様子を見に、その病院へ走らせた。

県警本部長は、十津川たちが、誘拐事件を秘密にしていたことに、明らさまな不快感を示したが、それでも、スコットランド・ヤードに敬意を表してか、

「とにかく、事情を説明してほしいですな」

とだけ、ケンドリックスにいった。

ケンドリックスは、テープレコーダーを取り出し、これを聞いてもらえば、あんな結末になった理由がわかると思うといった。

本部長や十津川たちが、そのテープに耳を傾けた。

再生ボタンを押すと、いきなりヘイズの叫び声が飛び出した。その瞬間にケンドリックスが、スイッチを入れたからだろう。

――家内(ワイフ)をすぐ釈放しろ！

それに対する返事の代わりに、パーンという音がテープに入っている。明らかに銃声だった。続いて、もう一発。

――ヘイズ！　伏せろ！

と、叫んでいるのはケンドリックスの声だった。

――身代金は払ったんだ。すぐ、家内（ワイフ）を返せ！

また、ヘイズの叫び声が入る。

今度は、それに対して、犯人の返事が聞こえた。

――そちらこそ、すぐ消えるんだ！　さもないと、女は殺すぞ！

流暢（りゅうちょう）な英語である。おそらく、白人の男が怒鳴ったのだろう。その声に続いて、威嚇（いかく）するように銃声がひびいた。

――助けて！

という女の悲鳴が聞こえた。明らかに、ミセス・ノブコ・ヘイズの声である。

――彼女を放せ！　畜生！

ヘイズが叫び、銃声が続く。明らかに、前の銃声とは違うから、ヘイズが射ったのだろう。

——日本の警察が、すぐ到着する。お前たちに逃げ路はないんだ。すぐ、降伏しろ！

ケンドリックスが、冷静な口調で怒鳴った。

——近づくと、人質もろとも爆破するぞ！

犯人が叫ぶ。

——ヘイズ！　戻れ！　危ないぞ！

あわてたようなケンドリックスの声。

続いて猛烈な爆発音。

——大丈夫か！　ヘイズ！　答えてくれ！　ヘイズ！　おい、ヘイズ！

悲鳴に近いケンドリックスの声。

また、爆発音。

そして、遠くからパトカーのサイレンの音が入る。

その後は、十津川にもわかっていることだった。

パトカーと十津川たちの車が到着して、警官の声や十津川がケンドリックスに「何があったんですか？」ときく声が、テープに入っているからだった。

7

焼けた車からは、問題のアタッシェケースも見つかった。

もちろん、あの頑丈だったケースは、真っ黒に焦げて、中の百ポンド紙幣も焼けてしまっていた。しかし、銀行は、それが、間違いなく百ポンド紙幣の束であると証明されれば、十万ポンドは支払うと約束した。焼けた札束の化学検査などが行なわれるらしい。

三つの死体についても、少しずつわかってきた。

まず、死因である。

十津川は、三人とも爆死と考えていたのだが、解剖の結果では、違っていることがわかった。

ミセス・ヘイズは、胸部に二発の弾丸が射ち込まれていることが死因だった。一発は、心臓に命中していた。

日本人の女性と白人と思われる男は、爆死だった。日本人の女性のほうは、爆発のために、片腕がもぎとられている。

三人の顔も、きれいに復元された。

間違いなく、一人は十津川のかつての部下であり、ヘイズ夫人だった信子である。

あとの二人も、顔がはっきりした以上、身元も判明するだろう。

十津川が、もっとも心配したのは、ヘイズの容態だった。

ヘイズは、肩と右脚大腿部に弾丸を受けており、病院に運ばれてすぐ、その摘出手術が行なわれた。

他に、爆発のときに、数箇の破片を身体に受けていて、その摘出も行なわれ、成功した。

　十津川は、三日目に、ヘイズに会うことができた。

　さすがに、青白い顔でベッドに横たわっていたが、十津川の顔を見ると、

「申しわけない。あなた方が到着するのを待てばよかったんだが、眼の前に、家内を見つけると、カッとしてしまってね。そのために家内も死なせてしまったし、あなたにも迷惑をかけてしまった――」

　と、詫びた。

「私は、別に迷惑はしていませんよ。何よりも、あなたが無事でほっとしています。奥さんが死んでしまったのは、残念ですが」

「家内は、死んだんじゃありません。殺されたんです」

「わかっています」

「犯人たちが、妻を射殺したあと、まさか自爆するとは思わなかった。投降してくると思ったんですよ。連中の身元は、わかりましたか？」

　と、ヘイズがきいた。

「今、調べているところですが、必ずつきとめてみせます。ＷＲＰのこともわかるは

ずです」

と、十津川はいった。

「犯人は、もう一人いるんじゃありませんか？　私にトランシーバーで、あれこれと指示し、列車に十万ポンドを投げ込ませた男がいるはずです。その男は、まだ捕まりませんか？」

ヘイズは、青い眼で十津川を見上げた。

「そのことだが、あなたは、長崎駅の構内で、犯人に指示された番号に、電話しましたね？」

「しました。そして、家内の声を聞いて、生存を確認したんです」

「そのとき、犯人も、電話に出たわけでしょう？」

「そうです」

「男の声でしたか？　それとも、女の声でしたか？」

「女の声でしたが、それが――？」

「そうだとすると、犯人は、死んだ男女だけということも考えられるんです。男は、トランシーバーを持って駅にいて、あなたに指示を与え、女のほうが、市内のマンションで、あなたの奥さんを監禁していた。そのあと、女は奥さんを車に乗せて出かけ、男のほうは、あの列車の窓から、線路際に待っている女にアタッシェケースを投げる。そのあと、男と女は、一緒になって佐世保に向かった。そう考えれば、犯人は二人でいいわけです」

「それが証明されない限り、三人目の犯人を考えざるをえませんね？」

「その点について、今、聞き込みをやっています。間もなく、わかると思っています」

と、十津川はいった。

長崎県警が、刑事を動員して、長崎市内、長崎駅、国道二〇六号線、そして、佐世保市内とフェリー桟橋の聞き込みをやってくれた。

十津川は、犯人の男女が、東京の人間という可能性も考えて、警察庁にも調査の要望を出した。

その他、十津川には、今度の事件に対する責任問題も生まれていた。もちろん、十津川ひとりではなく、日本の警察全体の責任でもある。

そのことで、十津川は、亀井たちを佐世保に残して、飛行機で東京に飛び帰った。ケンドリックスも同行した。一緒に記者会見に出なければならなかったからである。

記者会見には、日本の記者だけでなく、外国人記者も出席した。何といっても、事件の主役が、イギリスの有名作家夫妻だったからである。

刑事部長の三上は、外国人記者は別にして、会見をやりたがったが、警察庁が、オーケイを出してしまったために、そうもいかなくなった。

そのうえ、ＴＶまで、カメラを持ち込んできた。それだけ、国際的な話題を集めた事件ということだろう。

この記者会見に立ち会うに際して、三上部長は、日本の警察に対する非難があがることを心配した。

何しろ、ヘイズ夫妻に対しては、ＷＲＰによる襲撃が予告されていたのである。スコットランド・ヤードから、夫妻の護衛にケンドリックス警部が来たとしても、護衛の主力は、警視庁が引き受けたのである。

それにもかかわらず、ＷＲＰによって、ミセス・ヘイズこと信子が、まんまと殺されてしまったのだ。ヘイズも、一命を取り止めたとはいえ、重傷を負っている。

その責任は、当然、追及されるだろう。

「何とか、切り抜けられればいいんだがね」

と、三上は心配そうに十津川にいった。

記者会見は、午後二時から行なわれた。十津川にしても、日本語、英語の入り乱れる記者会見というのは、初めての経験だった。

まず、十津川が、事件の経過と現在のヘイズの状況を報告し、続いてケンドリックスが、見解を述べてから、質問に入った。

「佐世保で死亡した犯人二人の身元は、まだわからないんですか？」

と、日本人記者がきいた。

三上は、ちょうど手渡されたメモに眼をやって、

「外国人の男のほうは、ただ今、判明しました。イギリス人で、名前はスタイナー。二十八歳。留学生として、東京のS大学を卒業したあと、日本人に英語を教えるなどして生活していた人間です。一度、傷害で逮捕されたことがあります。これは、酔って、新宿・歌舞伎町でケンカをしてですが、すぐ釈放されています。女性の身元は、まだわかっておりませんが、スタイナーと関係のあった女ということで、間もなく判明すると期待しています」

「スタイナーとWRPとの関係は、わかっているんですか？」

「彼が誘拐犯であり、WRPを名乗っていたことは、間違いありません。ただ、WRPの組織自体については、何分にもイギリスの組織なので、われわれには、はっきり

したことがわかりません」

と、三上はいい、続けて、

「現在、スタイナーの住んでいた東京都内のマンションを調べていますから、イギリスからの指令なり、連絡の手紙が見つかるのではないかと思っています」

「これは、新聞に出ていたんですが、今度の事件では、日本の警察とスコットランド・ヤードから派遣されたミスター・ケンドリックスとの間に、意思の疎通を欠くことが多く、それが、人質を死なせてしまった原因ではないかと——その点は、どうなんですか？」

「十津川君」

と、三上がいい、十津川がマイクを持って、

「それは、ありません。ミスター・ケンドリックスとは、終始うまくいっていたと、確信しています」

「しかし、人質も犯人たちも、死んでしまったし、ミスター・ヘイズも重傷を負ってしまったわけでしょう？　連繫(れんけい)がうまくいっていたら、こんなことにはならなかったんじゃありませんか？」

と、記者の一人が食いさがった。

「確かに、悲しむべき結末になってしまいましたが、これは、犯人側が自爆をしたからです。予期せぬ行動に出て来たので、対応のしようがなかったということです」

「しかし、イギリス人二人は、犯人を見つけたとき、日本の警察の到着を待たず、連絡もせずに、勝手な行動をとったと聞いていますがね」

「それは、正確ではありませんね。待っていては、犯人たちを逃がしてしまうと考えて、ミスター・ケンドリックスとミスター・ヘイズは、行動を起こしたわけで、われわれが逆の立場でも、同じことをしたと思っています」

と、十津川はいった。

「その点について、ミスター・ケンドリックスは、どう思いますか？　日本の警察との関係は、本当にうまくいっていたんですか？」

これは、イギリス人記者が、ケンドリックスに向かって、手をあげてきいた。

ケンドリックスは、大きな身体をゆするようにしてから、

「私は、初めて、日本の警察と共同で、ＷＲＰに対応したわけですが、初めてにしては、うまくいったと思いますね。もちろん、いくつかの問題点はありましたが、これは仕方のないことでしょう。そのほとんどが、言葉の問題でした。特に瞬時の判断を要するときに、いちいち通訳を通さなければならないことは、われわれの動きを重い

ものにしていたとおもいますね。また、われわれは、個人の判断で動きますが、日本人は、組織としての行動を第一に考える。その点の意識の相違もあったと思います」

と、いい、その例として、こんな話をした。

イギリスでは、外から警察に電話が入ると、必ず電話に出た人間は、自分の名前をいう。「刑事課の——刑事です」という具合にである。

ところが、ケンドリックスが日本に来て、警察に電話をかけると、「こちら刑事課です」とはいうが、絶対に個人名はいわない。警察だけでなく、他の官庁でも同じことだった。これは、日本人が、個人で責任を取らず、組織で行動するせいだろうと、納得したという。

ケンドリックスがこの話をしたとき、外国人記者の間で笑い声が起きたのは、同じような経験を全員が持っているからだろう。

その中の一人が、ケンドリックスに向かって、

「今、あなたは、日本人が個人では責任を取らず、組織として動くからだといいましたが、それは、結局、組織としても、責任を取らないということじゃありませんか？　私の経験からいっても、電話をした、しないでもめたとき、そのあと絶対に、日本の組織というのは責任を取りませんね。というより、誰が電話に出たかわからなくなっ

て、結局、組織自体も、それをうやむやにしてしまう。ミスター・ケンドリックスも、それで悩まされたんじゃありませんか？　佐世保の桟橋で、ミスター・十津川たちが来るのを待たず、独自に行動したのは、そうした日本の組織に対する不信感があったからじゃないんですか？」

と、意地の悪い質問をした。

ケンドリックスは、苦笑しながら、

「その点は、何ともいえませんな。国民性の違いは、欠点とか長所とかではありませんから」

と、当たり障（さわ）りのないいい方をした。

外国人記者は、それでは満足せずに、さらに、

「犯人二人の爆死と、人質の死亡について、誰に責任があるとおもわれますか？　あなたやミスター・ヘイズですか？　それとも、サポートをしていた日本の警察にですか？」

と、きいた。

十津川は、覚悟はしていたが、まずい方向に話が進むなと思った。

今度の事件は、明らかに失敗の形で終息した。それについての責任論が出てくるこ

とは、当然、予想されたのだが、イギリス側、日本側のどちらに責任があるかということになると困るなと、思っていたのである。

ケンドリックスは、そうした質問を予想していたとみえて、

「もし、責任があるといえば、イギリス側、日本側の双方にあると思っています。共同で、事件の解決に当たっていたわけですから」

と、おだやかにいった。

「しかし、私の聞いたところでは、ミスター・ヘイズとあなたは、相手がテロ集団だから、爆発物を持っているはずだと主張したのに、日本の警察は、それを信じなかった。そのことが、最後に、ああいう悲しむべき結果を生んだんじゃないんですか？」

若いアメリカ人記者がきいた。

「まあ、意見の相違は、よくあることですから」

「結局、ミスター・ヘイズとあなたの考えが、正しかったわけでしょう？」

と、相手は念を押す。

三上部長は眉をしかめて、その若いアメリカ人を睨（にら）んでいた。

「犯人たちが、爆弾を持っていた点は、われわれの判断が正しかったわけです。しかし、だから、日本の警察が無力だったとは思っていません。優秀だと思っています。

今回のことでは、協力に感謝しています」

と、ケンドリックスはいった。が、本当にそう思っているのかどうかは、わからなかった。

「ミスター・ヘイズには、会われましたか?」

中年のアメリカ人記者が、丁寧な口調できいた。

「ここに来る前に会って来ました」

「彼は、今度の事件について、何といっているんですか? 正直に話してくれませんかね」

「彼からのメッセージを頼まれて来ましたので、それを読ませてもらいます。『まず、私を助けてくれた友人のケンドリックス、日本の警察、そして、総合病院の医師に感謝したい。亡くなったノブコは、私にとって最上の伴侶であった。彼女以上の女性に、今後、会えるとは思えない。そのノブコの命を奪った犯人に対して、限りない怒りを覚えますが、その犯人二人も死んでしまった今、ただ、ノブコのために祈りたい気持ちです』これが、ミスター・ヘイズのメッセージです。それに、もう一つ付け加えますと、犯人に奪われた十万ポンドは焼けてしまいましたが、銀行が調べた結果、百ポンド紙幣に間違いないことがわかって、支払われることに決まりました。ミスター・ヘイズは、亡くなった奥さんの供養のために、この十万ポンドを日本の社会施設に寄付するといわれています。というのは、ミセス・ヘイズは、イギリスでも、ボランティアとして活躍されていたし、ミスター・ヘイズとしては、優しく、美しいノブコ夫人を自分に与えてくれた日本への恩返しと考えていることもあるようです」

と、ケンドリックスはいった。

いかにも、イギリス人が好きそうな話だった。

「素晴らしい話で、私も感動しました」

と、いったのは、三上部長だった。本当に感動したというより、美談で終わってくれれば、日本の警察に対する非難も軽減されると、計算したのだろう。

ヘイズのメッセージはコピーされ、記者たちの一人一人に配布された。

ケンドリックスが予期していたかどうかわからないが、そのメモが配布されたあと、記者たち、特に外国の記者たちの関心は、ヘイズのことに傾いていき、質問も、彼のプライベイトな問題に移っていった。

「ミスター・ヘイズは、第四作目に、ナガサキを舞台にした小説を書きたいといっていたそうですが、それは、どうなるんですか？　何か聞いていませんか？」

と、イギリス人記者が、ケンドリックスに質問した。

「その点は、私ではわかりませんが、三日後に退院の見通しなので、そのときに皆さんに会って、何でもお答えしますといっていました」

と、ケンドリックスはいった。

十津川には、三日後にヘイズが退院するというのも、初耳だった。もっと長く入院しているものと思っていたのである。何しろ、全治一ヵ月の重傷ということだったのだ。

そのあと、記者会見は、うやむやのうちに終わってしまった。外国人記者たちが、三日後のヘイズとの会見のほうに、気持ちを移してしまったからである。

第五章　ナガサキ・レディ

1

十月十七日の午後二時に、青山斎場で、ミセス・ノブコ・ヘイズの告別式が盛大に行なわれた。

佐世保の病院を退院したヘイズは、車椅子で姿を見せ、参列者に応対した。

参列者は、英国の駐日大使を始め、内外の名士、それに出版関係者と二百名を越えた。

同じ日の午後七時から、Kホテルで約束の記者会見が持たれた。これをセッティングしたのは、やまと出版である。

十津川と亀井は三上部長の指示で、この記者会見にも出席した。ケンドリックスは、前の記者会見で穏やかにいい、日本の警察の協力に感謝するヘイズのメッセージを読みあげたが、今日は、まったく別の意見をヘイズが口に出すかもしれなかったからである。

だが、記者の質問は、事件そのものにはほとんど触れず、ヘイズの今後の行動に集中した。

それに対するヘイズの返事は、こうだった。

「私は、明日、イギリスに帰り、ロンドンの病院に再入院するつもりでいます。幸い、両手は自由なので、治療しながら、今回の経験を踏まえて、次の小説を書きたいと思っています。どんな作品になるにしろ、それは、亡くなった妻に捧げるものになるはずです」

「舞台は、ナガサキですか？」

「そのはずです」

「今度の事件が土台となるような小説になると、考えていいですか？」

「私自身も、そう考えています」

「そうなると、当然、作品の中に、日本の警察に対する批判も出て来ますか？」

と、記者の一人がきいた。意地の悪い質問だともいえる。

ここに三上部長がいたら、きっと眉をひそめたろうと、十津川は思いながら、ヘイズに眼をやった。

車椅子のヘイズは微笑して、

「今度の事件は、私にとって、最愛の妻を失う悲しいものだったと同時に、初めて日本の警察と一緒に仕事をして、非常にエキサイティングでした。当然、その気持ちは、次の作品に反映してくると思います。それが、批判にもなるでしょうし、あるときには賞賛にもなると思っています。私自身にも、まだわかっていません」

「WRPについての、現在の気持ちを教えてください」

「私の家内(ワイフ)を殺した連中ですから、もちろん憎んでいます。だが、日本人は、その犯人を許すべきだという考えを持っています。東洋的な思想でしょうが、私は、それを家内から教えられました。今のところ、その考えに興味を持っているとしかいえませんん」

「現在、WRPからの脅迫は、来ていますか？」

「来ていませんが、私がイギリスに帰れば、また、脅迫があるかもしれません。しかし、どんな脅迫があっても、私は、次の作品を書きあげるつもりです。これは、亡くなった家内(ワイフ)への鎮魂歌(レクイエム)ですから」

と、ヘイズはきっぱりといった。

このあと、その作品は、同じ出版社から出るのか、日本での翻訳権はどうなるのかといった質問が続いた。

十津川には興味のないことだったが、一つだけ、イギリスの記者たちの間の噂話に、十津川は関心を持った。

ヘイズが書く第四作について、イギリスとアメリカの新しい出版社が、百万ポンドと、一千万ドルの金を積んで、契約を迫っているという話だった。それだけ、次の四作目が面白く、かつ売れる作品になるという期待があるのだろう。

十津川は、警視庁に戻ると、三上部長に記者会見の模様を報告してから、

「捜査を続けさせてください」

「何の捜査だね？」

「まだ、犯人二人のうちの日本人の身元がわかっていません」

「ああ、そのことか」

三上は気の抜けたような返事をした。彼の頭の中では、今度の事件は、すでに終ってしまっているのだろう。

「それに連中が手に入れたダイナマイトの出所の問題や、あの二人以外に、仲間がい

るのかという問題もあります」

「わかっている。調べるのはいいが、妙な方向には走らんでくれよ」

「と、いいますと？」

「今度の事件では、人質が死んでいるんだ。しかも、彼女は、元、君の部下だった女だ。だから、君が、その責任はミスター・ヘイズやミスター・ケンドリックスの側にあるといい出したりすると困るんだよ。それでなくても、外国との間でいろいろと問題のある時代だからね。幸い、向こうさんも、こちらの責任は問わないといっている。好んで、波風を立てないようにしてもらいたいんだよ。下手をすると、国際問題になりかねんからね」

「そんな気はありません。ただ、完璧を期したいだけです」

と、十津川はいった。

2

翌日、十津川と亀井は、成田空港に帰国するヘイズを見送ったあと、スタイナーの住んでいたマンションに廻った。

池袋駅の近くの中古マンションの五階である。

2Kの部屋は、がらんとしている。新品と思われるのは、大きなベッドだけだった。スタイナーは、日本に五年間いたということだが、布団には慣れなかったのだろう。

ロンドン・タイムスなどのイギリスの新聞が積み重ねてあったり、英語の小説が、本棚に並んでいる。ヘイズの本も、英語版が三冊とも揃えてあった。ヘイズの顔写真の入った本だが、その中の一冊は、その顔に×印がつけられていた。

ロンドンのWRPからの手紙でもないかと思ったが、見つからなかった。ないのが自然かもしれない。そうした手紙の類いは、始末するに違いなかったからである。

そういえば、手紙や写真といったものは、いっさい見つからなかった。もちろん、佐世保で死んだ日本人の女性の写真もである。

十津川は、スタイナーの東京での行動を洗うことにした。

スタイナーは、日本の大学を出たあと、アルバイトで、神田の日英会話学院で、英会話を教えていた。

十津川と亀井は、その学校へ行き、スタイナーのことを聞いた。彼の交友関係、ガールフレンド、行きつけのディスコやクラブなどがわかってきた。

十津川は、部下の刑事たちを急行させ、聞き込みに当たらせた。

その結果、スタイナーの何人かいたガールフレンドの中から、犯人の女を見つけ出した。

「名前は、安西みどり。年齢二十五歳。写真も手に入りました」

と、西本刑事が一枚の写真を十津川に見せた。

スタイナーと並んでいる女の顔は、佐世保で死んだ女の復元された顔と、そっくりだった。

「どんな経歴の女なんだ？」

「福島県の生まれで、東京のN大の英文科を卒業しています。OLになりましたが、スタイナーと知り合ってから、会社を辞めています。彼女が、最近、女友だちに話したところによると、ボーイフレンドのスタイナーは、何か秘密の組織に入っていて、大変なんだと、笑いながらいっていたそうです」

「WRPということは、いっていたのかね？」

「はっきりした組織名はいわなかったが、世界的な組織なんだとは、いっていたようです」

「彼女の住所は、わかっているのかね？」

「スタイナーと同じ池袋のマンションで、日下刑事と清水刑事が行っています」

と、西本はいった。

その二人の刑事は戻って来ると、十津川にワープロを見せた。

「これは、女の部屋にあったものですが、例の脅迫状の文字と同じものです」

と、日下がいい、清水は、十月のカレンダーを切り取って来て、十津川に見せた。

「彼女の部屋の壁にかかっていたもので、ミスター・ヘイズの旅行日が記入されています」

「彼女は、働いていなかったというが、生活費は、どうしていたんだ？　スタイナーが稼（かせ）いでいたのかね？」

「それなんですが、彼女が利用していた銀行の口座に、ここ半年の間に、百万円相当のポンドが振り込まれているのがわかりました。相手はロンドンの銀行からです」

「スタイナーにも、振り込まれていたんだろうか？」

「そう思いますね。おそらくロンドンのＷＲＰからだと考えます」

と、日下はいった。

六ヵ月前といえば、その頃から、ヘイズ夫妻の来日が話題になっている。それに合わせて、ロンドンのＷＲＰから、スタイナーと安西みどりに運動資金が送られていたうかだな」
「あとは二人が、ダイナマイトと拳銃を入手した経路と、他に仲間がいなかったかど
のか。

と、十津川はいった。

その二つの点も、意外に簡単に解明された。

ダイナマイトについていえば、一ヵ月前、東京近郊の工事現場で、十二本のダイナマイトが盗まれていることがわかった。佐世保で犯人たちの使用した爆薬は、ダイナマイト十二本分程度ということだから、このダイナマイトと思われる。

犯人たちが、使用した拳銃は、コルトガバメント45と、ベレッタ22の二挺である。スタイナーとみどりは、ときどき東南アジアやハワイに旅行しているから、そのときにこの二挺を持ち込んだのではないかと、十津川は推理した。

スタイナーとみどりの周囲には、何人もの仲間がいた。イギリス人、アメリカ人、もちろん日本人もいる。それを片っ端から当たっていったのだが、WRPとして、一緒に動いたと思われる人間は見つからなかった。したがって、犯人は、スタイナーと安西みどりの二人だけと断定せざるをえなかった。

十津川は、報告書を作り、三上部長に渡した。

それは、コピーされて、長崎県警にも送られ、翻訳されて、スコットランド・ヤードとヘイズにも送付された。

スコットランド・ヤードとヘイズからは、丁重な礼状が届けられた。

3

〈――日本の警察の厚情に感謝を捧げます。亡くなった妻ノブコは、キリスト教に改宗しておりましたので、本日、ヘイズ家の墓地に手厚く葬りました。もし、イギリスにおいでの節は、花をたむけてください。日本の方が来れば、きっと、ノブコも喜ぶものと思います。

V・ヘイズ〉

ヘイズの礼状の末尾は、こうなっていた。

それを見た三上部長は、ほっとした顔になって、

「これで何もかも終わったな」

と、十津川が何もいわずにいると、三上は気にして、

「まあ、君にしてみれば、ミセス・ヘイズは、元の部下だから、彼女を死なせてしまったことは、残念だろうがね。彼女は、ミスター・ヘイズの奥さんだったんだ。彼の悲しみのほうが、きっとより深いと思うよ」

「私も、そう思います」

「ひょっとして、君は、佐世保の事件で、ミスター・ヘイズとミスター・ケンドリックスが、君たちが到着するのを待たずに、犯人たちと戦いを交えたことに、まだ腹を立てているんじゃないのかね？」

と、三上は真顔できいた。

十津川は、びっくりして、

「そんなことは考えたことはありません。私が、彼の立場でも、すぐ行動に移ったと思います。眼の前に、犯人と人質がいたわけですから」

「それなら、問題はないわけだ。事件は終わった。君は、別の事件を当たってくれ。君の部下もだよ」

「わかりました。私も、そのつもりでした」

と、十津川はいった。

翌日から、十津川は、新しい事件の捜査に追われた。部下の亀井や西本、それに北条早苗たちも同じである。

ロンドンに帰ったヘイズとケンドリックスについての消息は、断片的に伝わってきた。

ヘイズはロンドンの病院に再入院したといい、ケンドリックスはスコットランド・ヤードに戻ったという。

ケンドリックスは、日本の警察について、講演したというが、その内容は、わからなかった。

一ヵ月ほどして、ヘイズが第四作目の小説を書き始めたこと、そのタイトルが『ナガサキ・レディ』らしいと、十津川は知った。

年が明けて、五月末になると、その『ナガサキ・レディ』が出版され、イギリスで好評だという噂が、十津川の耳に入ってきた。

イギリスでは、ベストセラーのトップに躍り出て、アメリカ、その他の国でも、出販されることになったという。

日本では、七月末に翻訳が出ることに決まった。もちろん、やまと出版である。

十津川は、翻訳が出るまで待ち切れずに、ロンドンの出版社から、『ナガサキ・レディ』を送ってもらった。

『ナガサキ・レディ』は、イギリスとアメリカでベストセラーを続け、アメリカの映画会社が、五百万ドルで映画化権を手に入れたという情報も、伝わって来ていた。

十津川は、ある事件が解決したあとの休日に、ハードカバーの『ナガサキ・レディ』に眼を通した。

長崎事件をモデルにして書きたいと、ヘイズがいっていたその作品である。

扉の裏には、ヘイズが約束したとおり、「亡き妻に捧ぐ」と書かれている。

主人公は、今までの三冊と同じ、スコットランド・ヤードをやめて、私立探偵となったハートリイである。

これまでの三冊では、ハートリイの過去は、スコットランド・ヤードの優秀な刑事だったとしか書かれていなかったのだが、今度の『ナガサキ・レディ』では、大学時代のことが初めて明らかにされていた。

ハートリイは、ケンブリッジを卒業すると、すぐには就職せず、見聞を広めるために、アジアへの旅に立つ。激動の中国を見、次に日本の長崎に着き、そこで一人の日本人女性と恋に落ちた。

小説は、ハートリイが、WRPの犯人二人を追って日本に来て、七年ぶりにナガサキを訪れる場面から始まっていた。

〈ナガサキという言葉を聞いたとき、ハートリイの胸に、突然、七年前の甘美な記憶がよみがえった。〉

それが、書き出しである。

ハートリイは、ナガサキで出会った女、クラブのホステスのノブコのことはすっかり忘れて、スコットランド・ヤードに勤めてから、イギリスの名門の娘と結婚していたのである。

ハートリイは、七年ぶりにナガサキを訪れたとき、ノブコのほうも、きっと自分のことを忘れて、結婚しているものと思っていた。

ところが、ノブコは、彼が結婚するといった言葉を固く信じて、七年間、彼が自分を迎えに来るのを待っていたのである。

ハートリイは、感動する。これこそ、日本女性の本当の愛情なのだと思ってである。

しかも、ノブコは、ハートリイの子供を生んでいた。

ハートリイの心は、ノブコと現在の妻との間で、揺れ動く。

日本に逃亡したWRPの犯人たちは、それを知って、ノブコを誘拐した。

ラストの舞台は、ナガサキの町と駅である。

これも明らかに、実際に起きた事件が下敷きになっていた。

ハートリイは、日本の警察の協力を得て、WRPの誘拐犯を追い詰めて行く。長崎の有名な史跡が出てくるのだが、特に、グラバー邸がひんぱんに出るのは、「蝶々夫人」のイメージを、ノブコのイメージにダブらせているのだろう。

WRPの一人を、ハートリイは、長崎駅のホームで射殺した。が、彼の仲間は、その報復に、ノブコが生んで育てていたハートリイの息子を殺した。

恋人のノブコを誘拐され、さらに子供を殺されたハートリイは、日本の警察のやり方を生ぬるいと思い、喧嘩になる。このあたりに、十津川たち日本の刑事は優秀だが、官僚的で、融通がきかない人間に書かれていた。

何かというと、「法律では……」といい、六法全書を持ち出すといったようにである。

WRPのメンバー三人が、ノブコをワゴン車に監禁して、ナガサキから脱出しようと図る。

ハートリイは、それを知り、ポルシェで追跡した。坂の多いナガサキを舞台のカーチェイスである。実際のナガサキの道路で、小説のような激しいカーチェイスが可能とは思えないが、小説はスリル満点に描写している。

ハートリイは、ついに、WRPの三人を長崎市内の高台に追い詰めた。

そして、ハートリイは、彼らと銃撃戦になるのだが、WRPの一人が、彼を狙って射った。

ノブコは、手錠をかけられたまま、その男に体当たりした。そのために、弾丸がそれて、ハートリイは右足を傷つけただけで助かった。

だが、WRPの仲間が、ノブコを射殺した。

ハートリイは怒りにまかせて、彼ら三人を射ち殺した。

事件は終わり、ハートリイは、愛するノブコと子供を失ったが、改めて、日本女性の献身的な愛情に感動しながら、日本を去ることになった。

これが、『ナガサキ・レディ』のストーリイである。

4

映画化権を手に入れたアメリカの映画会社は、主演のハートリイ役に、イギリスの有名な舞台俳優を決め、ヒロインのノブコ役は、日本で公募すると発表した。外見だけでなく、心も日本的な女性という条件が示され、アメリカの映画会社と提携している日本映像という会社が、日本の各地で、まず、予選を行なうことになった。

今どき、『ナガサキ・レディ』に出てくるような、純情な日本女性がいるはずがないという声もあったが、各地の予選会に集まった女性は、合計で四千人を越えた。最終予選会は、長崎のグラバー邸で行なわれることになり、その選考委員の一人として、原作者のヘイズが、三度目の来日をすることに決まった。

選考委員は他に、この映画の監督、主人公役の俳優、プロデューサー、映画音楽を担当する作曲家の五人が当たるという。

こうした映画化の話の進行に伴って、原作も日本語に翻訳出版されて、ベストセラーになった。

ヘイズが秘書のミス・リンダを連れて、成田に着いたのは、事件から一年たった十月五日だった。

成田からそのまま、福岡空港に直行してしまったので、十津川たちは、会うことができなかった。

長崎のホテルに入ったヘイズは、わざわざ、十津川に電話をかけてきた。

「一年前のお礼もいいたいし、長崎へ来られませんか？　私は、今月いっぱい、こちらにいるつもりですが」

と、ヘイズはいった。

「実は、私も、あなたにお会いしたいと思っていたんですよ。亀井刑事とお邪魔して、かまいませんか」

十津川は、丁寧にいった。

「もちろん、大歓迎ですよ。例のヒロイン役の最終選考が、十月十日にありますので、そのあとならいちばんいいと思います」

と、ヘイズは上機嫌でいった。

「では、十日の夜に、そちらでお会いするのを楽しみにしています」

と、十津川はいった。

　それから、十日までの間も、スポーツ新聞の芸能欄や、週刊誌などが、『ナガサキ・レディ』のことを取り上げ続けた。

　ヘイズもテレビに出演して、この作品について喋った。

　夜の十時の出演だったので、十津川は、自宅でそのテレビを見た。

　聞き手は、人気のある男のニュース・キャスターだった。

　ヘイズは、一年前よりも太って、さらに貫禄がついたように見えた。

　キャスターの質問は主として、原作と実際の事件との関係に集中した。それが、視聴者の興味を引くと思ったのだろう。

　キャスターの質問を受けて、ヘイズは、熱っぽく喋った。

「細部は、多少、脚色したところもありますが、ほとんど実際の話と同じです。私が妻と一緒に、去年、来日したとき、WRPによって、妻は誘拐されました。長崎においてです。私は、何としてでも、妻を取り返したかった。妻なしの自分を考えることは、できなかったからですよ。日本の警察にも協力してもらい、スコットランド・ヤードのケンドリックス刑事にも助けてもらって、必死に連中を追いかけました」

「そして、追いつめて、銃撃戦になったわけですね？」

　と、キャスターはいい、当時の新聞報道がブラウン管に映し出された。

観光地長崎での事件、それも、三人の人間が射殺され、爆死するという事件だっただけに、新聞も一面で大きく扱っている。

「あのとき、私たち、というのは、日本の警察も含めてですが、何台ものパトカーが、長崎から逃亡しようとしているＷＲＰの連中を探していたわけです。連中は、私の妻を車に押し込めて、逃げていると思われていたからです。佐世保のフェリー発着場に行ったとき、彼らの車を見つけました。そのとき、作品では、私一人になっていますが、実際は、今いいましたスコットランド・ヤードのケンドリックス刑事が一緒でした。作品に彼のことを書かなかったのは、彼が官庁の職員で、日本という外国での発砲に、問題があってはいけないと考えたからです」

「そのとき、銃撃されて、奥さんも亡くなったわけですね？」

「そのとおりです」

「小説では、あなたを助けようとして、奥さんが犯人の一人に体当たりしたことになっていますが、実際の事件では、どうだったんですか？」

「実際にも、彼女は、私を助けてくれましたよ。私とケンドリックス刑事は、連中の車を見つけました。私は、妻がつかまっていると見ると、もう、前後を忘れて、飛び出してしまったんです。連中にしてみれば、格好の標的だったはずです。四、五メートルしか離れていなかったんだから、連中が射てば、確実に私は死んでいたはずですよ。連中は射って来たが、弾丸は私の肩と脚に当たっただけでした。彼女が、必死に連中に体当たりしてくれたからです。腹を立てた連中が、その場で、妻を射殺してしまいました。彼女は、間違いなく、私を助けたために、連中に殺されたのです」

と、ヘイズはいった。

「すると、小説と同じことが、起きたわけですね？」

「そのとおりです」

「そんな奥さんの行為を、どう思われましたか？」

と、ニュース・キャスターがきく。

ヘイズは、青い眼でじっと宙を見つめていたが、

「日本の女性の献身の素晴らしさに、改めて感動しました。自分を捨てる愛というものを知りました。彼女の素晴らしさを、少しでも、記憶の中にとどめておきたくて、私は、今度の小説を書いたといってもいいのです」

と、いった。

「ノブコというのが、奥さんのわけですね？」

「そうです。小説の中のノブコは、私の亡くなった妻の分身です」

と、ヘイズはいった。

「ノブコが、水商売の女性になっているのは、どうしてですか？」

と、キャスターがきいた。

「理由は、二つあります。第一の理由は、ハートリイの妻にすると、あまりにも、事実と近くなりすぎて、私が辛くて、書けなくなってしまうからです。第二は、日本の女性の愛の高貴さを描くためには、クラブの女性のほうが、より、うまく表現できると、考えたからです」

「そのとき、マダム・バタフライを思い出されていましたか？」

キャスターは、当然の質問を口にした。

ヘイズは、肯いて、

「いやでも、思い出しましたよ。場所も、長崎ですからね」

「小説は、成功したと思いますか」

「思います。本国のイギリスでも、ベストセラーになりましたし、アメリカでもです。読んだ人はすべて日本女性の素晴らしさに感動して、手紙をくれました。その点で成功したと思います」

とヘイズはいった。

「この小説が、イギリスでミュージカルになるときいたんですが、それは本当ですか?」

「本当です。アメリカの資本家が金を出し、イギリスの有名なミュージカル・プロデューサー、カーター・ミッチェル氏が舞台にかけることになっています。すでに脚本もできていますし、作曲もできあがっています。あなたも知っている有名な日本人の作曲家とイギリスの作曲家が、共同で合計七十八のナンバーを作曲しました。その中の何曲かをこちらに来る前に聞きましたが、日本の楽器を使った非常に美しいもので、日本の方々にも喜んでいただけると、確信しています」

「小説もそうですが、ミュージカルになると、いっそうマダム・バタフライを思い出させますね?」

キャスターがいうと、ヘイズは、わが意を得たというようにニッコリ笑って、

「そのとおり。現代のマダム・バタフライです」

「なるほど。最初からその線が狙いだったわけですね?」

「プロデューサーのミッチェル氏は、そうだったと思います」

「マダム・バタフライの現代版が、はたして拍手をもって、迎えられるでしょうか?」

アシスタントの女性アナウンサーがきくと、ヘイズは微笑して、

「私の原作は、世界中でベストセラーになっていますし、経験豊かなミッチェル氏も、大当たりすることは、まず間違いないといい切っていますよ」

「マダム・バタフライの現代版として、なぜ、こうしたストーリイが、アメリカ人やヨーロッパ人に歓迎されるんでしょうか？」

と、キャスターがきいた。

それまで間髪を入れずに答えていたヘイズが、急に考える眼になって、間を置いた。

「そうですねえ。今もいったように、自己を犠牲にするほどの愛情に、感嘆するんでしょうね。現代は、ともすれば、功利的な考えが重んじられ、愛情もその流行の中にあります。その点、ノブコの愛は、無私の愛です。また同時に、われわれ西欧人には、東洋的で、神秘的な愛でもあります。永遠にね。だから、現代のマダム・バタフライも、永遠にうけるんだと思いますね」

「でも、考えてみると、男に都合のいい話ですわね」

と、女性アシスタントが切り込んだ。

ヘイズは眼を大きくして、彼女を見、通訳を見た。

「なぜですか？」

　と、ヘイズは肩をすくめるようにしてきいた。

「主人公のハートリイは、イギリス本国に奥さんがいるわけでしょう？　そして、日本の長崎には、恋人のノブコがいる。ノブコは、奥さんと別れて自分と結婚してくれと要求するわけじゃないでしょうに、マダム・バタフライの蝶々さんと同じで、じっと、ハートリイを待っているだけですわ。そして、ハートリイが来日すると、彼を助けようと、命を投げ出すんです。いかにも、男に都合のいい話じゃありませんか？」

　女性のアシスタントは、あくまで意地悪く、ヘイズに迫った。

　キャスターは、明らかに、ヘイズが怒り出さないかとはらはらしている。

　しかし、ヘイズの顔は、あくまでも穏やかだった。こうした質問は、予想していたという顔で、

「たしかにそのとおりですが、日本人のあなたは、マダム・バタフライをつまらないオペラだと思いますか？　あんなものは、なくなってしまったほうがいいと思いますか？」

　と、きき返した。

「いいえ」

と、女のアシスタントが答える。

ヘイズは、肯いて、

「そうでしょう。地球上の何千万もの人たちが、あのオペラに感動しているんです。理屈っぽく考えれば、主人公は身勝手ですよ。身勝手な恋です。しかし、恋とか愛とかは、元来身勝手なものじゃないですかね。男女が完全に平等で、完全に自由な愛というのは、理想かもしれないが、面白くない。障害のあったほうが面白いし、小説になるんですよ。男には、国に帰れば妻がいる。それも障害のひとつです。だから、愛が盛り上がる。そう思いませんか？」

「そうですわね」

女のアシスタントも笑顔になった。

5

ヘイズはイギリスに帰り、『ナガサキ・レディ』の日本語版は、案の定、ベストセラーを続けている。

ロンドンでは、ミュージカル『ナガサキ・レディ』の前評判が高く、ノブコ役の募集に、千人を越す東洋系の女性が応募してきたと、外電が報じている。

映画のほうは、在米の日系女性がノブコ役に決まったが、

〈ミュージカルのヒロインと、どちらが、よりノブコにふさわしいか、見ものである〉

とも、書いていた。

V・ヘイズと長崎で再会した十津川は、そんな記事を読んだあと、三上刑事部長のところに行き、一週間ほど休暇をとりたいといった。

「一週間、何をするつもりなんだ？」

と、三上がきく。

「別に、何をということはありませんが、のんびりしてみたいんです」

「そういえば、長崎駅の事件では大変だったね。少しおくれたが、慰労休暇をとりたまえ」

と、三上はいってくれた。

十津川はその日、亀井を夕食に誘った。

仕事を離れ、二人だけで夕食をするのは、久しぶりだった。

十津川が誘ったのは、渋谷の中国料理の店で、個室がある。

「部長に頼んで、一週間の休暇をもらったよ」

と、十津川は食事の途中でいった。

亀井は、微笑して、

「それはよかったですね。警部は、たまには休暇をとってゆっくりなさるべきだと、いつも思っていたんです」

「いや。カメさんこそ、休暇をとるべきなんだが、今度はどうしても行きたいところがあってね」

「何処(どこ)へ旅行されたいんですか？」

と、亀井がきく。

「これは、内緒にしておいてもらいたいんだが、明日、イギリスに行くつもりだ。航空券は、もう買ってある」

「イギリスというと、例のミスター・ヘイズに会いに行かれるんですか？」

「いや、彼は今、ハネムーンに出かけているよ。たしか、南太平洋のクルージングだ」

「そうだ。彼は、再婚したんでしたね。イギリス女性と」

「そうだよ。長崎で、信子を失った心の痛手から、ようやく立ち直ったということでね」

「しかし、ミスター・ヘイズに用がないんだとすると、何をしにイギリスに行かれるんですか？　今頃のイギリスは、あまりいい気候じゃないように聞いていますが」

「たぶんね。私は、ロンドンの街の雰囲気を味わって来たいんだよ」

と、十津川はいった。

「すると、一週間ロンドンにおられるんですか？」

「そうするつもりだ。ホテルに入ったら連絡するよ」

と、十津川はいった。

翌日、十津川は、一二時二五分成田発、ロンドン（ヒースロー）行きのＪＡＬに乗った。

成田には、亀井だけが見送りに来た。他の者には知らせないでくれと、頼んでおいたからである。

出発前、空港内の喫茶室で、コーヒーを飲んだとき、亀井は、

「一つだけ、おききしていいですか？」

「何だい？」

「ロンドンで、何か、危険なことをされるんじゃないでしょうね？」

「いや、そんなことはしないさ。ロンドンで、イギリス人ってどんな連中なのか、実感したいだけだよ」

と、十津川は笑った。

その言葉を、亀井が信じたかどうかはわからないが、十津川は、機上の人となった。

ロンドンのヒースロー空港まで、直通で約十二時間の空の旅である。

十津川は、飛行機が嫌いである。いや、正直にいえば怖いのだ。だから、なるたけ空の旅はしたくない。

だが、今回は何としてでも、ロンドンへ行きたかった。

映画を見終わっても、いっこうに寝つかれない。船の揺れは平気なのに、飛行機の揺れにはびくっとしてしまう。

眼を閉じ、一生懸命に眠ろうとする。

だが、眠れない。気流が悪いのか、やたらに揺れる。

画面には、この便の現在位置が、地図と一緒に表示されるのだが、その飛行機がなかなか進まない。

隣りの座席の中年の日本人は、旅なれているのか、アイマスクをかけて、いびきを立てている。

十津川は、持って来た本を読むことにした。ヘイズの書いた『ナガサキ・レディ』の翻訳本である。

頭上のライトを点けて、十津川は活字を追っていった。

十津川自身も、ヘイズと一緒にWRPの連中と戦っているから、この作品には興味があった。

事実と、空想の入り混じったストーリイを追っていくと、ヘイズの作品づくりの秘密がわかるような気がしてくる。十津川は、前にも読んでいて、それが気になったのだ。今度のロンドン行きには、そのことが関係している。

ロンドンのヒースロー空港に着くと、十津川は、タクシーで市内の日本大使館に向かった。休暇は一週間しかないし、往復にまる一日は潰れてしまう。正味、イギリスにいられる日数を考えると、大使館の助けを借りざるを得ないと、計算したのである。

大使館に着き、佐々木という書記官に会うと、

「ロンドン郊外のストラットンという町に行きたいんですが、どんなところですか？」

と、きいた。

「静かで、いい町ですよ。ロンドンから、列車で約一時間。人口はせいぜい千二百人くらいで、古いイギリスの面影（おもかげ）が色濃く残っています」

「別荘地ですか？」

「有名人が、静けさを求めて住むということはありますね。ただ、日本人には向きませんよ」

と、佐々木書記官は笑った。

「なぜですか？」

「今いったように、古いイギリスの面影が色濃く残っているということは、古いイギリス人気質も残っているということなんですよ。向こうは、そんなに意識していないでしょうが、日本人のわれわれは、敏感に感じとってしまう。こう申し上げれば、おわかりになるでしょう？」

「日本人に対する軽蔑（けいべつ）ですか？」

「日本人に対するというより、東洋人に対するといったほうがいいでしょう。向こうが意識していないから、余計、困るんですよ」

「ホテルはありますか？」

「ええ。たしか、二軒あったはずです。ストラットンに行かれるんですか？」

「ええ。六日間、ストラットンで過ごしたいと思っているんです」

「なぜ、あの小さな町に？　ほかにいくらでも、観光地はありますよ。六日間もあるんなら、エジンバラとか、グラスゴーとか、マンチェスターとか、なぜ行かないんですか？」

佐々木書記官は、不思議そうにきいた。

「理由はいえませんが、ストラットンに行きたいんです。町に、日本人は一人も住んでいないんですか？」

「いませんね」

「私が、ストラットンに行く最初の日本人、というわけでもないと思うんですが」

と、十津川がいうと、佐々木は肯いて、

「そうだ。一人、住んでいました。有名な作家のビクトリア・ヘイズ夫妻が、ストラットンに住んでいましたが、奥さんが日本人でした。亡くなりましたが」

「いまでも、ミスター・ヘイズは、ストラットンに住んでいるんでしょう？」

「そのはずですが、私は詳しいことは知りません」

「日本人の私が、ストラットンで注意すべきことは、何ですかね？　そこの住人に軽蔑されることを、我慢することですか？」

と、十津川はきいた。

「露骨に軽蔑はしませんよ。むしろ、日本人の十津川さんが行けば、町の人たちは優しく扱ってくれますよ」

「そうですか」

「何も知らない東洋の島国の子供が、迷い込んで来たみたいにね。きっと毎日の挨拶の仕方から、教えてくれると思いますよ。とても、優しくね。この意味は、おわかりになるでしょう？」

と、佐々木はいう。

「何となく、わかります」

「最初は、相手の優しさに感激する。みんないい人たちだと思う。ところが、すぐ相手の優しさが重荷になってくる。優しさの中身がわかってくるからです。何も知らない、無教養な人間には、優しくしてやらなければいけない。そう考えての優しさと、気づくからですよ」

「しかし、今は、日本は優れた車を造り、電化製品を生産し、ＧＮＰも世界第二位になっていますね。それでも、ストラットンの人たちの意識は、変わっていないんですか？」

十津川がきくと、佐々木は、机の引出しから雑誌の切り抜きを取り出して、彼の前に置いた。

チョンマゲに、刀を差した日本人のサムライが、最新型のスポーツカーに乗り、片手にビデオカメラを持っているマンガだった。

「そんなマンガが、よくイギリスの一流誌にのるんです。一般のイギリス人の意識と思っていいですよ。うちの大使が抗議しても、いっこうに直らない。ストラットンの人間は、もっと保守的ですからね」

と、佐々木はいう。

「わかりました」

と、十津川は苦笑した。

「それでも、ストラットンに行かれますか？」

「ええ。なおさら、行きたくなりました。ホテルの名前を教えてください」

「駅の近くにあるシェークスピア・ホテルがいいでしょう」

「シェークスピア・ホテルですか？」

「ストラットンは、昔、シェークスピアが、作品を書くのに逗留（とうりゅう）したことがありましてね。それを、町の人たちは誇りにしているんです。十津川さんの名前で、リザーブしておきますよ」

と、佐々木はいった。

第六章　ノブコ夫人の過去

1

その日、十津川は、ロンドン市内のホテルに泊まり、翌朝、パディントン駅からストラットンに行く列車に乗ることにした。

佐々木書記官が、駅まで送ってくれた。

巨大なアーチ型のドームを持ったこの駅は、車がホームまで入れるので有名である。十津川も、イギリス映画で、そんな景色を見た記憶があった。

イギリス自慢のインターシティと呼ばれる列車に乗り込んだ。

日本人は乗っていなかった。十津川は、窓ガラスに映る自分の顔を見つめた。いかにも日本人という顔が、そこにある。周囲の乗客の顔も、ガラスに映っている。彫りの深い顔の中に、一人だけ偏平な顔がある。

昔、イギリスに留学した夏目漱石が、ショーウィンドウに映る自分の姿の醜さに愕然としたという有名な話を、十津川は思い出した。

十津川は、別に愕然とはしなかったが、イギリス人たちには、日本人の自分がどんなふうに見られているのだろうかと、思った。

その答えは、十津川にもわからない。できればストラットンで、答えを知りたいと思った。

一時間あまりで、列車はストラットン駅に着いた。

小さな駅で、ホームにつつじの木が植えられている。

ここで降りたのは、十津川一人だった。

小柄な老人の駅員が、じっと珍しいものでも見るように、十津川を見ている。

十津川は、その駅員に切符を渡してから、自信のない英語で、シェークスピア・ホテルは何処か、きいてみた。

駅員は、黙って通りの向こうの建物を指さした。ホテルというので、十津川は、小さくとも五、六階建てのビルを想像していたのだが、そこにあったのは三階建てで、茶色い瓦屋根、白いしっくいの壁の小さな建物である。そのすべてが古びている。

近づくと、なるほど、シェークスピア・ホテルの木の看板が下がっていた。その看板も古びて、彫り込んだアルファベットが読みにくくなっている。

十津川は、入口のドアを開けて、中に入った。うす暗く狭いロビーには人影はない。フロントのテーブルについている年代物のベルを鳴らすと、マネージャーと思われる男が出て来た。四十歳くらいの大きな男で、十津川を見下ろすようにしながら、

「何かご用でしょうか」

と、きく。言葉の最後に、サーという敬称をつけてくれたのだが、それがまったく敬称に聞こえてこないのは、相手がこちらを見下ろすように話すからだろう。

「予約をしたトツガワですが。日本人の」

「わかりました。予約はうけたまわっています。301号室です。キーをどうぞ」

マネージャーは、そのキーを取って、十津川の前に置いた。

「ありがとう」

と、十津川が受け取って、階段のほうへ歩き出そうとすると、マネージャーは、

「ちょっとお待ちください。あらかじめ、ご注意しておきたいことがあります。ドアの開閉は、音を立てないように、静かにお願いします。バスルームの使用のときですが、お湯は赤いほうの栓をひねると出ます。また、お湯を出しっ放しにしてあふれさ

せる方がいるので、くれぐれも、注意してください。階下まで漏りますと、弁償していただくことになります」

と、一語、一語、ゆっくりと喋った。

(子供に聞かせるようないい方だな)

と、十津川は苦笑した。

十津川は、階段をあがりかけてから、フロントに戻って、

「この町の地図（マップ）はありませんか？」

と、きいた。

「そういうものはありません。ここは、観光の町じゃありませんし、住人は、みんな、自分の町のことは、隅々まで知っておりますから」

「ここに、作家のヘイズさんが住んでいますね。その家を見たいんですが」

「この前の通りを、西に五百ヤードほど歩くと、川岸に出ます。川岸に沿って、大きな家が並んでいて、その向こうにミスター・ヘイズ所有の家があります」

と、マネージャーは教えてくれた。

「ありがとう。ヘイズさんの奥さんは、日本人でしたね？」

と、十津川がきくと、マネージャーはニコリともしないで、

「今の奥様は、イギリス女性です」

と、いった。

十津川は、301号室にスーツケースを置くと、ホテルを出て、通りを西に向かって歩き出した。

まだ十月下旬だが、風が冷たく、十津川は、歩きながら、コートの襟を立てた。

静かな町である。

よく舗装された道路、手入れの行き届いた街路樹、古いがっしりした家々、きれいに整えられた家の前の芝生。いかにも、イギリスの町という感じだった。

だが、十津川は、そうした景色に感心するよりも、町の人々の強い視線のほうが気になった。

家は、ほとんど二階建てだが、その二階の窓から、自分が見られているのを感じたのだ。窓にはカーテンが閉まっているのだが、その隙間から、十津川を見ている眼を、強烈に意識した。

途中に、グラウンドがあって、そこで老人たちがポロに興じていたが、彼らは、ポロに熱中するふうをよそおいながら、十津川をちらちら眺めていた。

妙なアジア人が町に来たので、興味を感じて、見つめているのかと思ったが、そうした好奇の眼とはどこか違っている。

（ホテルのマネージャーが、知らせたに違いない）

と、十津川は思った。

小さな町だから、たちまち知れわたったのだろう。

問題は、なぜ、彼が、そんなことをしたのか、なぜ、町の人々が、十津川を観察しているのかということだった。

イギリス人は、何事にも動じないことを誇りにしている国民である。事実、彼らは、日本人と違って、自分たちの中に、妙な異邦人が入って来ても、じろじろ眺めたりはしないものだと、聞いていた。たとえ、見たくても、無視してみせるという。

だから、今、この町の人間が、いっせいに十津川を見ないようなふりで、見ているのは、彼が日本人だからではないのだ。たぶん十津川が、ヘイズ夫妻の名前をいい、その家を見たいといったからに違いない。

ヘイズは、酒井信子と結婚して、このストラットンの町に住んだ。そのとき、彼らは、町の住民の注目を集めていたのだろう。だから、ヘイズ夫妻のことをききに来た十津川に、異常な反応を示しているに違いなかった。

川岸に出た。

この町の住人が、船遊びに使うのだろう、小型のヨットが川岸に並べて、繋留されている。

子供たちが四、五人遊んでいたが、彼らは、十津川に何の関心も示さなかった。

川はゆったりと流れている。川の向こうに、小さな城が、そびえていた。いずれ、由緒のある城なのだろうが、十津川には関心がない。

「君たち、ミスター・ヘイズの家を知らないかね？」

と、十津川は子供たちに声をかけた。

「知ってるよ」

子供の一人がいった。

「何処だね？」

「あれだよ」

「あれは、お城じゃないか」

「そうだよ。あそこに住んでるんだよ」

と、子供はいった。

そうか。ヘイズは、ストラットンの城を買って、そこに住んでいるのか。と、思いながら、十津川は、川にかかる橋を渡って行った。

いかめしいというより、可愛らしい城だった。

正式な名称は、ストラットン城とでも呼ぶのだろうか。小さいといっても、敷地は何千坪もあるに違いない。閉ざされた門扉の隙間から覗くと、城の入口に続く道は、きれいに整備され、城を囲む堀には、川の水を導き入れ、白鳥(スワン)が遊んでいるのが見えた。

門のところには守衛がいて、十津川を見ていた。

「ここは、ヘイズ夫妻の住居ですね？」

と、十津川はその守衛にきいてみた。

「イエス」

と、守衛が短く答える。

「私は日本で、ミスター・ヘイズと親しくしていた。庭だけでも、見せてもらえませんか」

と、十津川はいい、用意してきた何枚かの写真を守衛に見せた。長崎駅殺人事件のとき、ヘイズと二人で撮った写真である。

守衛は、じっと見ていたが、

「ミスター・ヘイズが帰国したら、あなたが来たことを伝えておきますよ」

「庭も見せてもらえませんか？」

「ちょっと待ってください」

と、守衛はいい、何処かに電話していたが、

「庭だけですよ」

「もちろん。ほかは、ミスター・ヘイズが帰られたら、見せてもらいますよ」

と、十津川はいった。

守衛は、門扉を開けてくれた。

十津川は、中に足を踏み入れてから、守衛に、

「この城は、昔は何といわれていたんですか？」

と、きいた。

中年の守衛は、胸をそらせた。

「ストラットン城。この辺一帯を治めていた領主、ストラットン卿の夏の避暑に使われていたんですよ」

と、いった。

十津川は、小石の敷きつめられた道を歩いて行った。

道の両側は、広い芝生で、よく手入れされている。ガレージがあって、四台もの車

が納められていた。ただのガレージではなく、昔は、馬車でも置いてあったのだろう。それらしい、古い建物である。

さらに進むと、城をめぐる堀に達した。はね橋が、城の入口に通じているが、ヘイズ夫妻が留守なので、今は、橋は上にあがっていた。

十津川は、堀にそって、城をめぐって行った。

典型的なイギリスの中世の城である。外観はそのままにして、内部を改造して住んでいるのだろう。

青銅の屋根の上では、何十羽もの鳩が羽根を休めている。

急に、高い窓のあたりで、きらりと光ったものがあった。双眼鏡で、誰かがこちらを見ているのだ。見ているというより、監視されている感じだった。

十津川が、わざと手を振って見せると、双眼鏡の反射は、急に消えてしまった。

裏手には、森が広がっていた。この森も、敷地の中に入っているのだろうか。近づいてみると、禁猟区の札が掛かっている。ということは、逆に考えれば、昔は、領主や騎士たちが、この森で、狐狩りでも楽しんでいたのかもしれない。

十津川は、振り向いて、もう一度、城に眼をやった。

信子は、ここで、夫婦として、ヘイズと暮らしていたのだ。彼女のことをよく知っているが、こんな豪華な生活を望むような女ではない。現代女性で、合理的な頭の持ち主だが、ヘイズの才能が好きになって、結婚したので、贅沢ができると思ったからではなかったと思う。

むしろ、こんな城の中での生活は、信子には不本意なものではなかったろうか？　それとも、女性は、環境に順応するのが早いから、結構楽しくやっていたのだろうか？

十津川は、守衛のところに戻ると、

「今、ヘイズ夫妻は、海外へ出ているんでしたね？」

と、確認するようにきいた。

「そうです」

「すると、今、この城におられるのは、親戚の方ですか？　留守番されているのは」

「奥様の弟夫妻が、留守番をされていますよ。奥様もですが、弟夫妻も、このストラットンのお生まれです」

守衛は、誇らしげにいった。

「できれば、そのご夫妻にお会いしたいと思うのですが、きいてもらえませんか」

と、十津川は頼んだ。

「ご用件は、何ですか？」

「ミスター・ヘイズに、ナガサキのお土産をお持ちしたので、それを義弟さんに渡していただこうと思いましてね」

「それなら、あとでおききしておいて、ご返事しますよ。たしか、シェークスピア・ホテルに、お泊まりですね？」

「なぜ、知っているんですか？」

と、十津川がきくと、大柄な守衛は、十津川を見下ろすようにして、

「そのくらいのことがわからなくては、守衛は、勤まりませんよ」

と、笑った。

2

十津川はホテルまで戻り、ホテルの隣りのレストランで、昼食をとることにした。

いかにも、地方の町の小さなレストランという感じで、店内に、観光客の姿はなく、この町の住人と思われる男たち三人が、太ったマダムと、お喋りをしながら、食事をしていた。

　十津川が入って行くと、その三人が急にお喋りをやめて、じろりと彼を見た。が、すぐ視線を元に戻した。

　マダムが太った身体をゆするようにして、十津川の傍にやって来て、ニコリともしないで注文をきいた。

「あなたにお委せしますよ。何か、美味いものを食べさせてください」

　と、十津川はいった。

「飲み物は？」

「ビールが、ほしいな」

　と、十津川はいい、ジョッキを運んで来たマダムに、

「少し、話し相手になってくれませんか」

「話し相手？」

　マダムは、眉をひそめて、ちらりと奥の客たちに眼をやった。

「そうですよ。いろいろとこの町のことで、知りたいことがあるんです」

　と、十津川はいった。

　マダムは、もう一度、三人の客のほうに眼をやってから、十津川の前に腰を下ろすと、

「どんなことを、ききたいの？」

「川岸の城に住んでいるミスター・ヘイズに会いたかったんですが、留守でした」

「奥さんと、世界旅行に出かけてるのよ。アポイントメントはとってなかったんでしょう？　それなら、会えなくても、文句はいえないわね。ここは、あなたの国とは違うんだから」

マダムは、冷たいいい方をした。

「正直にいうと、ミスター・ヘイズに会うこと自体が目的ではなくて、私は、日本人なので、彼の前の奥さんのことを知りたいんです。ナガサキで、彼女が劇的な死に方をしてから、日本では、彼女のことを知りたいという人が増えましてね」

十津川がいうと、マダムは、小さく肯いて、

「あなたは、日本のジャーナリストなの？」

「まあ、そうです。彼女が日本で生まれ育った時代は、はっきりしているんですが、ミスター・ヘイズと結婚して、イギリスで生活していた部分が不明なので、その部分を調べたいと思って、日本からやって来たわけです」

と、十津川はいった。

「ミセス・ノブコのことね？」

「ここでの生活がどんなものだったか、それを知りたいんです。できれば、皆さんから、話を聞きたいんですが、まずあなたから、彼女のことを話してくれませんかね」

「ミセス・ノブコのことねえ」

と、マダムが考え込むと、それまでそっぽを向いていた三人の客が、急にこちらを見て、聞き耳を立てるような表情になった。

「あのお城の住人だったから、あたしたちとはほとんどつき合いはなかったわね。ときたま、お城を出て来て、会うことはありましたけどね」

と、マダムはいい、奥から一枚の写真を持って来た。

ヘイズと妻の信子が、この店に来たとき、記念に撮ったものだという。

十津川は、日本での信子は知っているが、このイギリスにいるときの彼女は見ていない。だから、初めて見る彼女の写真だった。

着物でも着ているのかと思ったが、洋服姿で、大きなイアリングをつけている。

ヘイズと並んでテーブルにつき、カメラに向かって、ニッコリ微笑んでいる写真だった。

「このときのことを、話してくれませんか」

と、写真を見ながら、十津川はマダムにきいた。

「このときねえ。ミセス・ノブコとミスター・ヘイズは、ロールス・ロイスに乗って来たわ。もちろん運転手つきでね。運転手はパン屋の息子の――」

と、マダムが話しかけると、客の中の一人が、急に口を挟んで、

「そのときのことは、私がよく知ってるよ。私も店にいたから。私は、グレン・ロバーティング。この町の郵便局長をしている」

と、十津川に向かっていった。

太った大きな男である。鋭い眼で、十津川を見つめて、

「私が、話してもかまわんだろう？」

と、いう。有無をいわせぬ、いい方だった。

十津川は、苦笑して、

「どうぞ、話してください」

「ミセス・ノブコを見たのは、そのときが二回目だったよ。礼儀正しい、立派な女性だった。ミスター・ヘイズにふさわしい女性だと思ったよ。日本で亡くなったとき、本当に惜しい女性だったと、改めて思ったものだ。そうだろう？」

と、ロバーティングは、一緒に食事をしていた二人を振り返った。

二人とも、ロバーティングと同じ四十五、六歳の男たちで、その片方が、

「たしかに、立派な女性だったよ。イギリス女性に負けないくらいにね。気品も、勇気もあった。素晴らしい女性だった」

と、いった。

「失礼ですが、この町で、何をしていらっしゃる方ですか？」

と、十津川はきいた。

イギリス人にしては小柄で、髪の毛も黒いその男は、一瞬びっくりした顔になってから、

「私は、消防署に勤めている、フィッシャーだ。ダグラス・フィッシャー。消防署長だ」

と、名乗り、立ち上がって、十津川に握手を求めてきた。

「もう少し、具体的に、この町で彼女がどんな生活をしていたのか、話してもらえませんか。そうでないと、リポートになりませんから」

と、十津川は彼らの顔を見た。

ロバーティングは、「具体的にね」と、呟いてから、

「あの城には、五人の使用人がいた。今は、もっと多いがね。彼らに対して、ミセス・ノブコは、優しく、同時に威厳をもってのぞんでいたね。また、慈善事業にもつ

くしていた。たしか、この町の慈善団体の会長になっていたんじゃなかったかな」

「副会長だよ」

と、それまで黙っていた三人目の男が訂正した。

彼は傍にトランシーバーを置いていたので、十津川は、どんな職業の人間かなと、思っていたのだが、

「キャンフィールド。この町の警察の署長だよ。何か困ったことがあったら、私にいって来たまえ」

と、自己紹介してくれた。

3

警察署長と郵便局長、それに消防署長が集まっていたことになる。

昼食を揃ってとりに来ていたのだろうが、それだけ、この町が、のんびりと平和だということなのかもしれない。

キャンフィールド署長のトランシーバーが、突然、鳴り出して、彼は、何やら、怒鳴るように答えてから、食堂を出て行った。

　この平和な町でも、何か事件でも起きたのだろうか。

「五人の使用人は、今もあの城で働いているんですか？」

と、十津川は、郵便局長のロバーティングにきいた。

「なぜ、そんなことをきくのかね？」

「その五人は、ミセス・ノブコの身近にいたわけですから、彼女の日常生活を聞けるんじゃないかと思いましてね」

「残念だが、それは無理だね」

「なぜですか？」

「使用人たちは、引き続いて、あの城で働いているが、ヘイズ夫妻が外遊しているので、一緒に行ってしまったよ」

「一緒にですか？」

「ああ、そうだ。他に新しく雇った二人の使用人もだよ」

「ヘイズ夫妻が、日本に来たときは、使用人は一人も、連れていませんでしたが」

と、十津川がいうと、ロバーティングは、眉をひそめて、

「それは、仕事で行ったからだろう。今回は、新しい奥さんを迎え、楽しみのための旅行だから、大型のクルーザーに使用人を乗せて、出発したんだよ」

「すると、使用人は、一人もこの町に残っていないんですか？」

「ああ、一人も残っておらんよ」

ロバーティングは、きっぱりといった。

「それでは、残念ですが、会えませんね。これからこの町の慈善団体の事務所に行ってみたいんですが、何処にあるんですか？」

「教会に附属して事務所はあるが、行くのかね？」

「ええ。行ってみたいと思います。教会の場所を教えてください」

と、十津川はいった。

ロバーティングが地図を描いてくれて、十津川は、礼をいって食堂を出ると、自転車に乗って出かけた。

すぐ教会の塔が見えた。別に地図を描いてもらわなくてもよかったのだ。

プロテスタントの大きな教会だった。

(信子は、ヘイズのために、キリスト教に入信したのか)

と、思いながら、教会の傍で、自転車をおりた。

ロバーティングのいうように、教会の横の建物に、「キース慈善団体」のプレートがついていた。

キースというのは、たぶんこの団体の創始者の名前だろう。

ドアを開けて中に入って行くと、六十歳くらいの女性が、十津川を迎えた。

彼女の名前は、ミセス・ラディ。ここの事務の仕事も、ボランティアで、やっているのだということだった。

「ここで、副会長をやっていたミセス・ノブコのことをききたいのですよ」

と、十津川がいうと、ミセス・ラディは、

「おお」と、小さく声をあげた。

「彼女が亡くなったのは、大変なショックでした」

「慈善の仕事でも、活躍していたと、聞きましたが」

「イエス。アジアの方なので、最初は不安でしたが、立派な仕事をやられましたよ」

「イギリスでは、慈善事業で活躍すると、尊敬されるんでしょう？」

「そうですわ」

「ミセス・ノブコは、この町で、尊敬されていたということですね？」

「もちろん、イエスですわ」

と、ミセス・ラディは、大きく肯いた。

「それを聞いて、大変、嬉しいですよ。日本人として」

と、十津川はいった。

最近の日本人は、海外であまり評判がよくなかったからである。

「教会の牧師さんに会えますか？」

と、十津川がきいた。

「今、牧師さんは、ロンドンに行っていらっしゃいますわ」

「いつ、お帰りですか？」

「多分、一週間後ですけど」

「それじゃあ、会えませんね」

「牧師さんに、どんなご用ですか？」

「ミセス・ノブコは、きっとキリスト教に改宗したと思うので、そうしたこともお聞きしたいと思っていたんです」

「残念ですわ」

と、ミセス・ラディはいった。

「あなたは、ミセス・ノブコと、何度か話をしたことがあるんでしょう？」

十津川がきくと、ミセス・ラディはあわてたような眼になって、

「ええ。何度かは――」

「どんなことを話したんですか？」

「何を話したかしら——」

と、ミセス・ラディは困ったように、眼を宙に泳がせていたが、

「ああ、そうそう。フジヤマのこととか、ゲイシャのこととか話してくれましたよ。それに、イケバナ、キヨウト、そして、ナガサキ。面白くて、ためになりましたよ。本当にね」

「本当に彼女が、そんな話をしたんですか？」

「ええ。そうですよ」

「おかしいな」

と、十津川は首をかしげた。

信子は、日本がフジヤマ、ゲイシャで代表されることを、もっとも嫌っていた。

ミスター・ヘイズと結婚するときも、信子は、もしイギリスに渡って、向こうの人々が日本をフジヤマ、ゲイシャの国と考えていたら、それを訂正したいと、気負い込んだ調子でいっていたのである。

そんな信子が、イギリス人のミセス・ラディに、彼女におもねるような話をするだろうか？

「彼女は、フジヤマ、ゲイシャは嫌いなはずですがね」

と、十津川がいうと、ミセス・ラディは狼狽した表情で、眼をぱちぱちさせた。

「でも、私には、日本の古い話をしてくれましたよ。今、いったようにゲイシャの話とか、フジヤマの話とか」

ミセス・ラディは、頑固にいう。

「ゲイシャのどんなことを、話しましたか?」

「キモノを着て、男性のためにひたすらつくすんでしょう? 相手の男に奥さんがいても結婚は望まず、じっと耐えている。男性が来てくれなくても、怒ったりはしないで、ひたすら待つんですってね。それが彼女の仕事だし、義務だから」

「ちょっと待ってください。それは、マダム・バタフライの中の蝶々夫人でしょう?」

「今のゲイシャも、同じなんでしょう?」

「まったく違いますよ。今のゲイシャは、自分の意志で辞めることもできるし、自由に恋愛し、結婚もしますよ。日本の女性の意識も変わっているんです。嘘ですね? 彼女がゲイシャの話をしたというのは」

十津川は、じっとミセス・ラディの顔を見た。

ミセス・ラディの顔が、赤くなった。

「それでは、私が嘘つきだとおっしゃるの？」

彼女は、抗議するような眼になって、十津川を睨んだ。

「そうはいっていませんよ。本当のことを話してくれと、頼んでいるだけです」

「私は、本当のことをいっていますよ。これ以上、用がないのなら、帰ってくださいな」

ミセス・ラディは、声を荒らげた。

十津川は、引き退(さが)ることにした。

4

彼は自転車に乗り、引き返しながら、今のミセス・ラディとの会話を思い返していた。

彼女は、明らかに嘘をついている。

信子が、絶対にいわないだろうと思うことを、ミセス・ラディは喋ったといった。

問題は、彼女がなぜ、そんな嘘をついたかということだった。

翌日、十津川は、朝食のあと、ホテルには行き先をいわずに外出した。

彼は、昨日の教会に行き、近くの林に身を隠して、教会の入口を見張った。

ミセス・ラディは、牧師はしばらく留守にしているといったが、それも嘘かもしれないと思ったのだ。

昼になっても、牧師は姿を見せない。

十津川は、太い樹の根元に腰を下ろし、持参したパンを齧りながら、教会の監視を続けた。

教会の扉が開いた。が、出てきたのは牧師ではなく、ミセス・ラディと警察署長のキャンフィールドだった。キャンフィールドは、相変わらずトランシーバーを手に持っていた。

(なぜ、警察署長が、教会に来ているのだろうか?)

十津川は、そんなことを考えながら、二人を見つめた。

二人は、教会の外で立ち話をしている。

やがて、パトカーがやって来て、署長は、それに乗って、走り去ってしまった。

ミセス・ラディは、何やら小さく溜息をついてから、教会の隣りの慈善団体事務所に入って行った。

教会の周辺に、また人影はなくなった。

十津川は、再び監視を続けた。

夕暮れが近づいて、寒さが忍び寄ってきた。

自転車に乗った黒い人影が、近づいて来るのが見えた。

その人影は、教会の前で自転車をおりた。

(牧師だ!)

と、見た十津川は、林から飛び出ると、その人影に向かって走り出した。

十津川が走りながら声をかけると、相手は振り向いた。

やはり、牧師だった。年齢は五十二、三歳だろう。ヨーロッパの人間にしては小柄で、眼鏡をかけている。

「私は、日本から来た、十津川というものです」

と、名乗ると、牧師はなぜか、眼をしばたたいて、

「知っていますよ」

「なぜ、ご存じなんですか?」

「この町で、あなたは、ちょっとした有名人ですからね」

と、牧師は微笑した。

「ミセス・ラディや、キャンフィールド署長が、牧師さんに私のことを話したんですね？」

「他の人たちもね」

「私は、牧師さんに、どうしてもお聞きしたいことがあって、お待ちしていたんです」

「私は、正直に申しあげると、あなたにお会いしたくなかった」

「みんなが、私に会うなといったんですね？」

「とにかく、お入りください」

と、牧師はいった。

十津川は、牧師について教会の中に入った。

ステンドグラスが美しい、古い教会だった。

二人は、教会の隅の椅子に、向かい合って腰を下ろした。

「さて、どんなことですか？」

と、牧師がきいた。

「私は、ミスター・ヘイズの奥さんだったノブコのことを調べに、日本から来ました。この町でどんな生活をしていたのか、この町の人たちとうまくやっていたのか、それを知りたかったからです」

　と、十津川はいった。

「なぜ、それを知りたいんですか？」

「私が日本人だからだし、ノブコが、昔、私の下で働いていたからです」

「それだけですか？」

「はい」

「それで、この町の人たちに、聞いたんでしょう？」

「ええ。署長さんや、郵便局長さんたちに聞きました。いろいろと話してくれたんですが、どれも嘘をついているような気がするのです。少なくとも、本心で話してくれていないのですよ」

「だから、私に聞きたいと？」

「牧師さんなら、嘘はつかれないと思いますからね」

「十津川さん」

「はい」

「この町の人たちは、好意で嘘をついているということは、考えませんか？」

「私を傷つけないためにですか？」

「そうです」

「それは考えましたが、私は、傷ついても、本当のことが知りたいんです。そのために、日本から来たんですから」

と、十津川はいった。

牧師は、小さく溜息をついた。

「何を知りたいのですか？」

と、きいた。

「ミセス・ノブコは、この町で、どう思われていたのか、町の人たちとは、うまくやっていたのか、それを知りたいんです。正直に話してください」

と、十津川はいって、牧師を見た。

「ノブコは、ミスター・ヘイズに合わせて、キリスト教に改宗しています」

と、十津川はいった。

「イエス。彼女は、敬虔（けいけん）な信者だったことは、私も知っています」

と、牧師は微笑して肯いた。

「ここでの、そのノブコのことを知りたいのです。ここで過ごした年月が、彼女にとってどんなものだったか。逆にいえば、この町の人にとって、ということでもあるんですが、その実際を知りたいんですよ」

と、十津川はいった。

「なぜ、私に聞かれるんですか？　私よりも、市民の方々に聞かれたほうがいいんじゃないですか？　実際にミセス・ノブコに接していたのは、私よりも、市民の方々ですから」

と、牧師はいう。

「そのとおりですが、この町の人々は、どうも本当のことを話してくれないような気がするんですよ」

と、十津川はいった。

「それは、嘘つきだということですか？」

「いえ。嘘はついていないと思いますよ。だが、本当のことも話してくれない。日本人は、タテマエとホンネを使いわけますが、ここの町の人も、同じことをしているように思えるのです。ノブコは、いい人だったという。立派な女性だったという。そう思っていたかもしれないが、同時に、別の感情も、持っていたようにも思うのです。私に必要なのは、その感情のほうでしてね」

「私が、それを知っていると？」

「牧師さんは、嘘はつかれないでしょう？」

と、十津川は、牧師の顔をじっと見た。

牧師は、当惑した顔で、しばらく黙っていたが、

「私より、夫妻のところで働いていた人たちにきいたほうが、よくわかりますよ。毎日、接していたんだから」

「しかし、その人たちは今、再婚したミスター・ヘイズと一緒に、外洋ヨットに乗り込んで、世界一周の旅に出てしまっているんでしょう？」

十津川がいうと、牧師は苦笑して、

「そんなふうに、あなたにいったんですか？」

「やはり、あれは嘘なんですか？」

「ミスター・ヘイズは再婚して、奥さんと二人だけで、ハネムーンを楽しんでいますよ」

「では、前の使用人は、この町にいるんですね？」

「ええ。みんなこの町で生まれ、育ちましたからね」

「彼らに会わせてください。それから、牧師さんから、正直に私の質問に答えるように、話してくれませんか」

「真実は、しばしば人を傷つけますが、いいのですか？」

と、牧師がきく。

「もちろん、それは覚悟しています」

と、十津川はいった。

5

翌日、十津川は、牧師の紹介で、教会の中で二人の男女と会うことができた。

男のほうは、前のヘイズ夫妻のところで、車の運転手をやっていたグルーバーという四十歳の人間だった。

女はヘレンで、ヘイズ家のメイドをしていたし、現在も同じ仕事をしているという。年齢は五十五、六歳だろう。

二人とも緊張した表情なのは、牧師に、前もって、正直に話すようにいわれているからに違いない。それに、警察署長のような町の有力者にも口止めされていて、その指示を破ることになるかもしれないからだろう。

それを考えて、十津川も、二人に向かい、

「私とあなた方との話は、誰にも知らせません。それは、約束します」

と、まずいった。

それでも、二人は、緊張した表情をなかなか崩さなかった。

十津川は、ノブコがミスター・ヘイズの妻として、この町に来たときの最初の気持ちから、二人に話してもらった。

二人は、お互いに牽制(けんせい)し合い、なかなか口を開こうとしなかったが、牧師に促されて、まずヘレンが、

「正直にいえばいいんですね？」

と、挑(いど)むような眼で十津川を見た。

「そうです。私が欲しいのは、皆さんの正直な気持ちなんです」

と、十津川はいった。

ヘレンは、小さく肩をすくめて、

「最初、奥さまを見たときは、びっくりしましたよ。これは、間違っていると思いましたよ」

と、いった。

「間違っているというのは、どういうことなんですか？」

「文字どおり間違っているということですよ」

「つまり、ノブコが、日本人だということですか？」

「いっておきますが、私は、日本人が別に嫌いじゃありませんよ。中国人だって、インド人だって、嫌いじゃありませんよ」

と、ヘレンは早口で繰り返した。

「わかっていますよ。別に、あなたが人種差別主義者だなんて、思ってはいませんよ」

と、十津川はいった。

「ええ。私は、南アフリカのアパルトヘイトにも反対で、署名したこともありますわ」

と、ヘレンはいう。

「だが、日本人のノブコが、あなた方の主人になるのは、嫌だったわけですね？」

「これは、間違っていると私は思ったんですよ」

「あなたは、どうなんですか？」

十津川は、運転手のグルーバーの顔を見た。

茶色の髪をし、ブルゾン姿のグルーバーは、じっと十津川を見返しながら、

「おれも同じだね。あのお城で働いていた連中は、みんな同じ気持ちでしたよ。これは、間違っているって、感じでしたよ。なぜ、おれたちの上に、日本人がいるのかと、思いましたよ。ああ、それから、おれも、人種差別主義者じゃないよ」

「しかし、二人とも、辞めなかったんでしょう？」

「あのときみんなで辞表を書いて、ご主人に出したんだよ。このままでは、働く気になれないといってね」

「奥さんが日本人でなかったら、どうです？　アングロサクソンなら」

と、十津川はきいた。

「それなら、辞表を出さなかったろうね」

「それは、何なのかな？　人種差別じゃないというが、やはり人種差別じゃないかね？」

「違うよ。たとえば、日本人の男が運転手としてやって来たんなら、おれは、一緒に働くのは、別に嫌じゃないし、親切に、いろいろ教えてやったと思うよ」

「しかし、自分の主人で、いろいろと命令されるのには、我慢ができない？」

「我慢ができないというのは、正確じゃないな。何か間違っていると、思うんだよ。

これは、違うんだ、おかしいと思ってしまうんだよ」

と、グルーバーはいった。

「あなたも、同じですか？」

と、十津川はヘレンを見た。

ヘレンは、眉を寄せて、十津川を見返した。

「そうだわね。これは間違ってるというのが、当たってるわ。そう思ったら、もう、働けないでしょう？　だから、みんなで、辞表を出したんですよ、ミスター・ヘイズにね」

「それで、どうなったんですか？」

「ミスター・ヘイズが、あたしたちを説得しましたよ。辞められては困るといってね」

と、ヘレンはいう。

「あなた方の気持ちは、よくわかるといいましたか？」

「ええ、もちろん」

ヘレンは、きっぱりといって、胸を張った。

「ミスター・ヘイズに説得されて、どうしたんですか？」

と、十津川は二人の顔を見た。

「おれたちは、辞表を撤回したよ。ミスター・ヘイズに悪いからね。だが、これはミスター・ヘイズのためなのだと、いい聞かせてね」

と、グルーバーはいう。

「つまり、ノブコのためには働きたくなかったということですか？」

十津川は、きき直した。

「そんなふうにいうと、まるで、あたしたちが、悪者になってしまいますわ」

と、ヘレンは不服そうにいった。

「しかし、そのとおりでしょう？」

と、十津川はきいた。

「違うね。おれたちは、ミセス・ノブコが、個人的には、別に嫌いじゃないんだ。そこは、わかってもらいたいね」

と、グルーバーはいった。

「こういうことですか？　彼女は、個人的には、嫌いじゃなかった。しかし、彼女が主人になって、それに仕えるのは、嫌だったということですね？」

と、十津川はきき直した。

グルーバーは、口の中で何か呟いていたが、

「まあ、そうかもしれないね。嫌というより、これは間違っているという感じなんだよ。そこは、微妙に違うと思うけどね」

と、いった。

十津川には、何となく、相手のいうことがわかるような気がした。

この町の人たち、というか、イギリス人というのは、日本人を含めて、東洋人を使うことには慣れていても、逆に、日本人に使われることには、慣れていないのだ。だから、それが現実になると、戸惑いや違和感を覚えるのだろう。

6

「二人にききたいんですが、ミスター・ヘイズの原作で、『ナガサキ・レディ』が映画化され、今度は、ミュージカルになりますが、見に行きますか？」

と、十津川はきいた。

「おれは、ミュージカルを見に行きたいね」

と、グルーバーがいい、ヘレンは、

「ロンドンに行ったとき、映画は見ましたよ」

と、いった。

十津川は、彼女に向かって、

「感想を聞かせてくれませんか」

と、いった。

ヘレンは、急に夢見るような眼になって、

「素晴らしかったわ。感動しましたよ」

「どこに、感動したんですか？」

「あのノブコという女性の献身には、見ていて涙が出てしまって、帰ってからも、感動が続いていましたわ」

ヘレンは、そのときの感動を思い出したように、声を高くした。

「好きな男のために、自分を犠牲にするところですか？」

「ええ」

「しかし、彼女は、いわば不倫をしていたわけでしょう？　主人公は、イギリスに奥さんがいて、日本の女性と恋をする。典型的な不倫じゃないですか？　それは、かまわないんですか？」

と、十津川はきいた。

「かまいませんわ。主人公は、家庭をこわす気はないんですからね。それに、遠い日本で起きた事件ですものね」

と、ヘレンはいう。

「逆でも、あなたは、感動しますか？」

と、十津川はきいた。

「逆って、どういうことですか？」

「日本に家庭のある日本人の男性が、イギリスにやって来て、イギリスの女性と恋をする。日本の商社員でもいいですよ。イギリスの女性は、献身的につくすわけです。男は家庭を捨てる気はなく、イギリスの女性と楽しんでいる。逆を考えれば、こうなるわけでしょう？　それでも、あなたは感動しますか？」

と、十津川はきいた。

「それは、認められませんわ」

と、ヘレンはあっさりいった。

「認められないんですか？」

「ええ。もちろんでしょう。そんなことは、認められないわ」

「あなたはどうですか？　『ナガサキ・レディ』の映画は、見ましたか？」

と、十津川はグルーバーの顔を見た。

「あれだけ評判になった映画だから、ロンドンへ見に行ったよ。ミュージカルも、見に行くんだよ」

「それで、映画には感動しましたか？」

「ああ。おれは、自分があの主人公になったつもりで、見ていたよ。おれのために死んでくれる女がいるのは、素晴らしいなと思ったね。男は、みんな感動するんじゃないかな」

「逆の場合は、どうですか？」

「逆って、日本の商社員がイギリスへ来て、浮気するってことかね？」

「そうです。そして、イギリスの女性が、その日本人のために死ぬというストーリイになるわけですよ。日本人は、悲しみながら自分の妻のところへ戻って行く。タイトルは『ロンドン・レディ』になるでしょうね。そのストーリイでも、あなたは感動しますか？」

「そいつは、面白くないな。そんな勝手な男のために、イギリスの女が死ぬことはないよ。バカげているよ」

と、グルーバーは肩をすくめて見せた。

二人が引き揚げて行ったあと、牧師は、気の毒そうに十津川を見て、

「あまり、参考にはならなかったみたいですね」

と、いった。

「いや、たいへん参考になりました」

「他の使用人も呼びましょうか？　あと一人か二人、見つかると思いますがね」

「その人たちは、今の二人と違う意見を持っている、と思いますか？」

と、十津川はきいた。

「今の二人は、普通の市民ですからね。平均的な市民といっていいですから、おそらく同じようなことを聞かされると思いますが」

「それなら、もう会わなくて結構ですよ」

「何だか、寂しそうな顔をしていますね」

と、牧師はいった。

「そんなことはありません。牧師さんは、今の問答をお聞きになっていて、どう思われましたか？」

十津川は、改まった顔で、牧師を見た。

「あの二人は、正直にあなたの質問に答えていたと思いますよ」

「それは、私にもわかりました」

「だが、その返事に不満だったわけですか？」

と、今度は、牧師がきいた。

十津川は、小さく顔を横に振った。

「いや、満足しました。どんな返事であれ、嘘をつかれるより、どんなにいいかわかりません」

「これから、どうされますか？」

「明日、日本へ帰ります」

「あと二日は、ここにおられる予定だったんじゃありませんか？」

「その必要が、なくなりました」

と、十津川はいった。

7

翌日、十津川は、ロンドンのヒースロー空港から、東京行きの飛行機に乗った。

十二時間近い飛行のあと、十津川は、翌日の一五時三五分に成田に着いた。

空港には、亀井刑事が迎えに来てくれていた。

「何か収穫はありましたか？」

と、亀井は車に案内しながら、十津川にきいた。

「収穫といえるかどうかわからないが、向こうに行ってよかったとは思っているよ」

と、十津川はいった。

「では、例のテロ組織の実態が、わかったんですか？」

亀井が、眼を輝かせてきいた。

「テロ組織？」

「その捜査に、行かれたんじゃなかったんですか？」

「あの組織には、最初から興味はなかったんだ」

と、十津川がいうと、亀井は、びっくりした顔で、

「私は、てっきり、その捜査に行かれたんだと思っていたんですが」

「それなら、私ひとりが行くより、スコットランド・ヤードに頼んでおいたほうが早いさ」

「では、何をしに、警部は、ロンドンに行かれたんですか？」

「ゆっくり話してあげるよ」

と、十津川はいってから、

「日本のほうは、どうなっているね？　逃げたテロ組織の人間は、見つかりそうかね？」

「それが、なかなか見つかりません。日本に支部があるとみて、その実態を調べているんですが、どうもはっきりしません」

亀井は、口惜しげにいった。

「それでいいんだよ」

「しかし、全員を逮捕しないと、われわれの面子（メンツ）にかかわりますし、また、彼らが勢力を伸ばして、日本でテロ行為に出ると困ります。日本には、最近、各国の要人が、相次いでやって来ますから」

と、亀井はいった。

亀井の運転する車が、走り出した。

「まっすぐ帰宅されますか？」

「まだ、四時を過ぎたばかりだよ」

「では、何処へ行かれますか？」

「警視庁だ」

「わかりました」

「ミスター・ヘイズは、新しい奥さんを連れて、また長崎に来るんだったね？」

「世界旅行の最中、長崎へ寄るということです。正確な日時は、今日、ファックスで送られて来ていましたよ」

「それをすぐ見たいね」

と、十津川はいった。

警視庁に着くと、十津川は、すぐそのファックスに眼を通した。

ヘイズ夫妻は、明後日、長崎に着き、一日間滞在することになったと、告げていた。

「明後日、私は、長崎へ行く。どうしても、ミスター・ヘイズに会わなければならないんだ」

と、十津川は亀井にいった。

「私も、一緒に行かせてもらいますよ」

と、亀井もいう。

「長崎とナガサキか」

と、十津川は呟いた。

「長崎が、何か問題なんですか？」

「漢字の長崎とカタカナのナガサキは、違うんじゃないかと思ってね」

「それは、違いますよ。その違いが、問題なんですか？」

と、亀井がきいた。

「ミスター・ヘイズは、どちらの言葉が頭にあると思うね？　長崎か、ナガサキか」

「当然、彼は、イギリス人だから、カタカナのナガサキと答えるんじゃありませんか？　異国情緒がありますからね、ナガサキと書くと」

と、亀井はいった。

「そうだろうね。ナガサキか。それがなければ、ミスター・ヘイズの本は売れなかったろうと思うね。映画も当たらなかったはずだ」

と、十津川はいった。

「何のことか、わかりませんが――」

「すぐ、わかるさ」

と、十津川は微笑した。

第七章　解決のない対決

1

十津川と亀井は、ミスター・ヘイズの四度目の来日に合わせて、長崎へ向かった。

今やヘイズは、「ナガサキ・レディ」の映画も世界で大当たりして、流行作家であると同時に、ビリオネアでもある。

映画と小説によって、長崎の名前を世界的にしてくれたということで、今回、長崎の名誉市民の称号が、ヘイズに与えられることになった。

ヘイズは、新しい妻を連れ、東京にあるイギリス大使館に挨拶したあと、寝台特急「さくら」で長崎入りするという。

十津川と亀井は、長崎駅にヘイズ夫妻を出迎えに行った。

一〇時五三分。定刻に、ヘイズ夫妻の乗った「さくら」が到着した。

ホームには赤い絨毯が敷かれ、市長をはじめ、長崎の政財界人が迎えに集まっていた。

列車から降りて来たヘイズは、いくらか太って、貫禄がついたように見えた。新しい妻のリンダは、モデル出身らしく、すばらしい脚をしていた。

二人に向かってフラッシュがたかれ、花束が捧げられた。

ヘイズがニッコリと笑い、花束を受け取った瞬間だった。

銃声が、ホームにひびきわたった。

「伏せろ！」

と、十津川が大声をあげた。続いて、また銃声がひびいた。

悲鳴が、ホームを支配し、集まっていた人々が、逃げ廻った。狭いホームが、大混乱におちいった。

「ミスター・ヘイズ！」

と、十津川が大声で夫妻に声をかけ、二人をホームから外へ連れ出した。

ヘイズが、蒼い顔で、

「どうなってるのかね？」

「決まっているでしょう。ＷＲＰの襲撃ですよ」

十津川も、怒鳴るようにいった。

「そんなバカなことが――」

と、ヘイズがわめくようにいう。妻のリンダは、小きざみに身体をふるわせていた。

十津川と亀井は、夫妻を駅前のタクシー乗り場に引っ張って行き、タクシーに乗せた。

「ホテル・ナガサキへ行ってくれ。大事なお客様だ」

と、運転手にいった。

ホテル・ナガサキは、今晩のパーティが開かれる場所だった。

十津川は、ホームに戻ると、まだ呆然としている市長たちに、ヘイズ夫妻をホテル・ナガサキに送っておいたと話した。

ホームの混乱もおさまって、駆けつけた県警の刑事たちが、聞き込みを開始していた。

その日の午後六時から、ホテル・ナガサキで、ヘイズ夫妻の歓迎パーティが開かれた。

市長や財界人の堅苦しい挨拶があったあと、立食パーティになった。

十津川は、ヘイズの妻のリンダが、市長とお喋りを始めたのを見て、ヘイズに近づき、

「庭へ出ませんか」

と、声をかけた。

「家内も一緒でいいですかね？」

と、ヘイズがリンダに眼をやるのを、

「ぜひ、あなたと二人だけで、お話ししたいことがありましてね」

「どんなことですか？」

「とにかく、庭へ出ましょう」

と、十津川はいい、強引にホールを抜け、ヘイズを庭に連れ出した。

高台にあるホテルなので、灯の海になった長崎の街を、一望の下に見渡すことができる。

「こんなところに二人だけでいて、また狙撃される恐れはありませんか？」

と、ヘイズが周囲を見廻してきいた。

「大丈夫です。犯人は、もう捕まっています」

と、十津川はいった。

ヘイズは、半信半疑の顔で、

「そうですか。それなら安心だが――」

「ミスター・ヘイズ。私としては、この辺で、今度の事件に決着をつけたいと思うのですよ」

十津川が、改まった口調でいうと、ヘイズは、びっくりした顔で、

「事件は、もう決着がついているでしょう。もともと、今度の事件は、私とＷＲＰというテロ集団との戦いだった。日本の方々を驚かせてしまったし、私の愛するノブコまで死なせてしまったが、もう終わったんですよ。悲しい終わり方でしたがね」

「私は、まだ終わっていないと、思っているんですよ」

と、十津川は街の夜景に眼をやったままいった。

「私には、意味がよくわからないんだが――」

と、ヘイズが当惑した調子でいった。

「犯人が、まだ逮捕されていませんからね。これでは、終わったとはいえません」

「逮捕？　ああ、ＷＲＰの背後にいる大物のことですか。それなら、いつか私が、正体をあぶり出してやりますよ。今度の事件で、ＷＲＰの連中も全滅したと思われるの

で、その大物もいずれ逮捕できると思っていますがね」

と、ヘイズはいった。

十津川は、断わってから、煙草に火をつけた。

「ミスター・ヘイズ。私の推理を聞いてもらえますか？」

「いいですよ。ただ、要点だけを話してくれませんか？　家内が、向こうで、退屈しているといけませんから」

「そんなに長くなる話じゃありません。スコットランド・ヤードを辞めたあなたは、作家に変身した。ベストセラーを書き、有名になり、日本に来て、酒井信子と結婚した」

「そのとおりですよ。ああ、あなたは、彼女の上司でしたね」

「あなたとノブコは、ロンドン近郊のストラットンの町で、昔の城（キャッスル）を買い、生活を始めた」

「よく、ご存じですね」

「あなたとノブコのことを知りたくて、ストラットンに行って来たんですよ。あの古い町で、ノブコがどんな生活をしていたか、本当のことが知りたくてです」

「そんなことなら、私に聞かれたらなんでもお話ししましたのに」

と、ヘイズはいった。

「今、本当のことが知りたいといったはずですよ」

「私が嘘をつくと思うんですか？」

「おそらくね」

「なぜ、私が嘘をつかなきゃならないんですか？」

「それは、あの町の人たちが私に嘘をついたのと、同じ理由でです」

「何のことか、わかりませんが」

「ストラットンで、私は、ノブコがこの町でどう思われていたのかを聞いて廻りました。町の有力者たちは、ノブコは立派な女性だったと、口裏を合わせたようにいいましたよ。だが、私には、本当の気持ちとは思えなかった。同じ反応しか返って来なかったからですよ。それで牧師さんに会いました。牧師さんなら、嘘はつかないだろうと、思ったからです。牧師さんは、ノブコがあなたとキャッスルの主人として暮らしているとき、使われていたメイドや運転手を紹介してくれましたよ。この二人は、牧師さんにいわれて、正直に話してくれました」

「どんな話ですか？」

「二人は、こういっていましたよ。自分たちは、人種差別主義者じゃない。日本人も好きだ。だが、日本人がメイドや観光客でいる分には、どうということもないといいましたよ。これは、本当だし、親切にしてくれるだろうと、思いますね。だが、こうもいいました。メイドや観光客ならいいが、自分たちの主人になるのは、困ると。いや、別な言葉を使いましたね。それは、間違っていると。はっきりそういいましたよ。ノブコは、間違ったことをしてしまったんですよ。メイドで行くか、観光客で行けばいいのに、イギリス人と結婚したうえ、キャッスルの主人になってしまったんです」

「ミスター・十津川。私は、そんな気はありませんでしたよ。そんな気持ちなら、結婚はしない」

ヘイズは、気色ばんでいった。

「わかっています。だが、ストラットンで暮らしている間、あなたには、いやでも町の人々の声が聞こえてきたはずです。それに、あなたは、日本人のノブコに、マダム・バタフライのヒロインのような献身を期待していたんだと思う。夫が浮気をしようが、何日、家をあけようが、ひたすら夫を信じて、献身する女をですよ。だが、ノブコは、そういう古いだけの日本女性じゃなかった。強く自己主張をする女です。夫の浮気は許さない女です。ストラットンの町の人々が、それは間違いだと思ったように、あなたも、この結婚は間違いだったと思ったんです」

「――――」

「そこで、あなたは、何を考えたか？　離婚をすれば、自己主張の強いノブコは、莫大な慰謝料を請求してくるだろう。第一、彼女が、自分の想像したような、古風な日本女性ではないからといって、離婚はできない。そこで、あなたは恐ろしい方法を考えた。架空のテロ集団ＷＲＰを実在するかのように見せかけ、日本でそのＷＲＰと戦って、その中で、ノブコを殺してしまおうという計画を立てたのです」

「そんなバカな！」

と、ヘイズは大声をあげた。

だが、十津川は、少しも動じなかった。

「あなたが、ノブコを伴って、日本にやって来たとき、ＷＲＰが彼女を誘拐した。あなたが大金を使って、作りあげたＷＲＰがです」

2

「そんなバカな話を聞いている時間は、ないんだが」

と、ヘイズはいった。

「もうすぐ終わりますよ」

と、十津川は落ち着いた声でいってから、

「長崎を舞台にした、勇敢な私立探偵、ヘイズと、テロ集団WRPの戦い。その戦いの中で、ノブコは、夫をかばうようにして死んで行く。現代版マダム・バタフライのストーリイですよ。このストーリイは、もちろん、あなたが計画したものだし、うまくいった。金で雇われたWRPの連中にしてみれば、自分たちが殺されるなどということは、まったく考えていなかったと思いますよ。たぶん、追いつめられて、人質のノブコを殺して、外国に逃亡する。それが、あなたが彼らに示したストーリイじゃなかったんですか？　ところが、あなたは連中を結果的に、殺した。われわれも、それに協力した。何といっても、連中は世界を股にかける凶悪なテロ集団ですからね」

「バカらしい」

「すべてが、あなたの計画どおりに進行したわけですよ。射殺されなかったWRPは、たぶん、あなたから多額の金をもらって、海外に逃げたんだと思いますが。つまり、あなたは、愛する妻を失ったが、テロ集団を壊滅させた英雄ということになったんですよ。さすがは、スコットランド・ヤードの元警部である。さすがは、ジョンブル精神の持ち主だと、賞賛された。あなたは、ぬかりなく、日本の警察の協力にも、感謝された。そして、『ナガサキ・レディ』を書いた」

「いけませんか？　私は、作家ですからね」

「もちろん、書いてもかまいませんし、作家なら、書くのが当然でしょう。だが、ストーリイを知って、疑問を持ったんです。ノブコが、主人公ハートリイの妻じゃなくて、ナガサキのクラブのホステスになっていたからですよ」

と、十津川はいった。

ヘイズは、憮然とした顔になって、

「作家というのは、ストーリイを、面白くしようとして、平気で変えるものですよ」

「そうでしょうね。その結果、マダム・バタフライに似てしまった」

「現代のマダム・バタフライを意識して、書いたんだから、当然でしょう」

「そうですね。しかし、私は疑問を持ちました。作家が、何よりも大切にするのは、独創性でしょう？　違いますか？　それなのに、まったく、マダム・バタフライに似せてしまった。それが、よくわからなかったのですよ。なぜ、主人公の妻にしなかったのだろうか？　なぜ、クラブのホステスにしたのか？　それに疑問を持ったんです」

「しかし、そのほうが、面白いと思ったからですよ」

「そうでしょうか？」

「なぜ、そんなことにクレームをつけるのか、わかりませんね。小説は、しょせんは絵空事ですよ」

と、ヘイズはいった。

「あの本に、『亡き妻に捧ぐ』という献辞が書かれていますね」

「当然でしょう」

「もちろん。だが、それなら、ヒロインは、事実そのままに、主人公の妻にするんじゃありませんか？　そうすれば、亡くなった彼女がいちばん喜ぶんじゃありませんかね。ノブコが、モデルということがわかっているのに、クラブのホステスにしたのでは、喜ぶでしょうか？　そんなふうに見ていたのかと、なげくんじゃありませんか？」

「勝手な想像で、ものをいわれたら、困りますね」

と、ヘイズはいった。

十津川は、かまわずに、

「それで、私は、イギリスのあの町へ行って、話を聞いて来たんですよ。そして、私なりに、あなたが、ストーリイを変えたわけがわかりました。イギリスのヒーローのために死ぬ日本女性は、クラブのホステスでなければ、いけなかったんです」

「それは、あなたの大変な誤解ですよ。イギリス人は、そんなに偏屈じゃない」

と、ヘイズは怒ったような声でいった。

「私は、別にイギリス人をけなしているわけじゃありませんよ。何処の国の人間だって、同じようなものです。特に、世界に覇権を唱えていた大英帝国の人々には、この気持ちが強いだろうと思いますがね。マダム・バタフライは、ヒロインが芸者だから、西欧の人々にうけたんでしょうね。今度のあなたの『ナガサキ・レディ』も同じです。ヒーローとの結婚をのぞまず、ひたすら、彼を愛して死んでいくホステスだから、イギリスの人々は、喜んで、受け入れたんです。もし、ノブコが、ヒーローの奥さんにおさまり、イギリス人の使用人を叱り飛ばす日本人だったら、絶対に受け入れられなかったと思いますよ。あなたには、それがわかっていたから、ストーリイを変えて、現代のマダム・バタフライにしたんです」

「まるで、われわれイギリス人が、尊大で、日本人をバカにしているようじゃありませんか。私は、日本の文化を尊敬しているし、現にノブコと、結婚していたんですよ」

「わかっていますよ。あなたは立派な人だし、日本の文化に対して造詣（ぞうけい）が深いことも知っていますよ。しかし、理性と感情は別でしょう。そして人間は、感情で生きていくものです」

と、十津川はいった。

「あなたが何をいいたいのか、わかりませんね」

ヘイズは、むっとした様子でいった。

「よくおわかりのはずですよ。あなたは、間違いを訂正したんですよ。ただ、大がかりに幻のテロ集団を実在させ、奥さんを殺してですがね」

十津川は、沈んだ口調でいった。

「あのテロ集団は幻なんかじゃありませんよ。現に今日だって、長崎駅で、私を狙って射ったじゃありませんか」

と、ヘイズはいった。

十津川は、いよいよ沈んだ表情になった。

「あれを、ＷＲＰの仕業（しわざ）だとおっしゃるんですか？」

「ほかに、誰が私を狙いますか？」

「そうだとすると、私がＷＲＰの一員ということになってしまいますよ」

と、十津川はいった。

ヘイズは、一瞬、絶句した。そのあと、

「まさか――」

と、呟いた。

「そうです。あれは、私が、部下の亀井刑事に指示して、人々のうしろから射たせたんですよ」

「私を、殺そうとした――？」

「とんでもない。空砲です」

「なぜ、そんなことをしたんですか？」

ヘイズの声には、明らかに怒りがあった。

「あなたの反応を見たかったからです。もし、WRPが実在のテロ集団なら、あなたはあわてるだろう。なぜなら、再婚の奥さんは、また誘拐される恐れがあるからです。しかし、私の推理が当たっていて、あなたが作った幻の集団なら、それらしい反応を示すだろうと思ったんです。私の想像どおりの反応を、あなたは示された」

と、十津川はいった。

「そんなことはない。私はWRPの残党がまだ私を狙っているのかと驚いたよ」

ヘイズは、大きな声でいった。

十津川は、黙ってポケットから小型のテープレコーダーを取り出した。

ゆっくりと巻き戻し、再生のスイッチを入れる。

十津川とヘイズのやりとりが、声になって流れた。


『どうなってるのかね？』

『決まっているでしょう。ＷＲＰの襲撃ですよ』

『そんなバカなことが――』


「あなたは、そんなバカなことがあるはずがないと、思われたんですよ。そう思いますよ。金で雇った集団なんですから。もう一度、あなたを狙うはずがないんです」

と、十津川はいった。

「十津川さん。私を騙したんですね？」

「そうです」

「サムライの末裔とも、思えませんね」

と、ヘイズがいう。

十津川は、苦笑した。

「あなたが、あんな大じかけで、私たちを騙したことに較べれば、はるかに罪は軽いと思いますがね」

「――」

ヘイズは、黙って、夜景に眼をやった。彼が今、何を考えているのか、十津川には、わからなかった。

間を置いて、ヘイズが、

「どうするつもりですか？　すべてあなたの妄想だと私が主張したら、あなたには、私を逮捕できますか？」

と、きいた。

「できませんね」

と、十津川はいった。十津川が、あまりにもあっさりと諦めたので、ヘイズのほうが、びっくりした顔になった。

「できない――と」

「そうです。できません。証拠がないからじゃありませんよ。あなたは、今や名士です。もし、あなたを逮捕しようとすれば、外交問題になって、上から圧力がかかってくるに決まっているからです」

「――」

「それに、私が迷っているのは、ノブコのことです。いや、酒井信子のことといったほうが間違いないな。私があなたを逮捕することで、彼女を傷つけることが怖いんですよ」

と、十津川はいった。

しばらく、重苦しい沈黙があった。

ヘイズは、思い出したように、ホールのほうに眼をやった。

「もう、家内のところに行ってやって、いいかな？」

と、ヘイズがきいた。

「どうぞ。もう、いいたいことは、全部いいました」

と、十津川はいった。

ヘイズがあたふたとホールに戻っていく。

十津川は、じっと街の夜景を見ていた。

人の気配がして、亀井が十津川の横に並んだ。

「どうしたんですかね。ヘイズ夫妻が、急用ができたといって、あわただしく、帰って行きましたよ。すぐ、イギリスに戻るのだそうです」

と、亀井がいった。

「そうか。帰国するのか」

「何かあったんですか？」

と、亀井がきいた。

「あとで、カメさんにも話すよ」

と、十津川は重い口調でいった。

解説

郷原 宏（文芸評論家）

吉川英治文学賞は、大衆小説を対象にした権威のある文学賞として知られています。一九六七年に創設されて以来、松本清張をはじめ多くの作家がその栄誉に浴してきました。最初のころはベテラン作家に対する功労賞的なイメージが強かったのですが、一九八〇年に吉川英治文学新人賞が併設されてからは、中堅以上の作家によるその年度の代表作という性格が強くなりました。つまり、名実ともに日本を代表する大衆文学賞になったわけです。

二〇一六年、この文学賞が第五十回の節目を迎えたのを記念して、新たに吉川英治文庫賞が新設されました。これは五巻以上つづくシリーズ物の大衆小説文庫を対象にした文学賞で、出版各社の代表、識者、出版流通関係者など約五十人の選考委員の投票によって選ばれます。なにしろ本づくりのプロたちが自分で選出する賞ですから、ある意味では最も権威のある文学賞といえるかもしれません。

二〇一九年四月、西村京太郎氏が「十津川警部」シリーズで、この吉川英治文庫賞（第四回）を受賞しました。私たちファンにとっては、二〇〇五年の第八回日本ミステリー文学大賞、二〇一〇年の長谷川伸賞につづく朗報といっていいのですが、正直にいって「いまさら」の感があるのは否めません。

西村氏といえば、年に六度取材旅行に出かけて十二社分の小説を書き分け、毎年十冊以上のノベルス（新書版）と一次文庫を刊行し、著書はすでに六百冊を超え、総発行部数は軽く二億部を突破するという偉大な作家で、しかもその作品の九割以上は「十津川警部」シリーズなのですから、この受賞はむしろ遅すぎたといわなければなりません。とはいえ、西村氏自身が「受賞のことば」で「正直嬉しい」「日本に文庫があるということは、素晴らしい」と語っているのですから、私たち読者も素直に、この受賞を慶びたいと思います。

本書の読者ならよくご存知のように、「十津川警部」シリーズは日本の推理小説史上最長にして最大のトラベルミステリー・シリーズです。一九七八年に『寝台特急（ブルートレイン）殺人事件』で発車ベルを鳴らしてから四十余年、つねに先頭に立って日本のミステリー界を牽引してきました。同一キャラクターによるシリーズ物で、これほど長く、そしてこれほど多くの読者に愛されつづけてきた現役作家の作品は世界にも例がありません。日本政府はこの作家にいますぐ国民栄誉賞を進呈すべきです。

「十津川警部」シリーズは、ミステリーのジャンル区分ではいちおう警察小説に属しますが、作品の内容は多様多彩で、本格推理からスリラー、サスペンス、ホラー、スパイ小説、ハードボイルドに至るまで、現代ミステリーのほとんどすべての要素を包含しています。したがって、このシリーズを形式的に分類するのはきわめて困難なのですが、ここではとりあえず全体を三つのグループに分けて考えてみることにします。

第一のグループは、特定の列車または線区を題名に冠した作品群で、最も歴史が古く、作品数も圧倒的に多い、いわばこのシリーズの基本路線ともいうべきグループです。講談社文庫収録作品でいえば、『特急さくら殺人事件』『四国連絡特急殺人事件』『寝台特急あかつき殺人事件』などがこのグループに含まれます。『終着駅（ターミナル）殺人事件』や『北帰行（ほっきこう）殺人事件』などは題名に列車名が入っておらず、また『夜間飛行（ムーンライト）殺人事件』は列車ではなく飛行機が舞台になっていますが、形式的にはこの「本線」グループに含めていいでしょう。いずれもシリーズを代表する初期の名作群です。なお『終着駅（ターミナル）殺人事件』は、後で述べる「駅」シリーズの先駆的な作品とみることもできます。

第二のグループは、二地点で起きた凶悪事件の謎を一本の推理の糸で結んだ「殺人ルート」シリーズです。これは一九八四年に講談社ノベルスの「江戸川乱歩賞シリーズ」のために書き下ろし刊行された『オホーツク殺人ルート』が始発で、以後、『南紀殺人ルート』『阿蘇殺人ルート』『日本海殺人ルート』『釧路・網走殺人ルート』『アルプス誘拐ルート』『青函特急殺人ルート』『山陽・東海道殺人ルート』『富士・箱根殺人ルート』とつづく傑作群が、いずれも講談社ノベルス↓講談社文庫というルートで読者の手に届けられました。事件と推理の「点」と「線」を鉄道や道路で結べば、それはすなわち「殺人ルート」になるわけですから、このグループは後発ながらトラベルミステリーの理念に最も忠実な路線といってもよさそうです。

第三のグループは、一九八四年の『東京駅殺人事件』を始発駅として、『上野駅殺人事件』『函館駅殺人事件』『西鹿児島駅殺人事件』『札幌駅殺人事件』『長崎（ナガサキ・レディ）駅殺人事件』（本書）『仙台駅殺人事件』『京都駅殺人事件』とつづく「駅」シリーズです。第一、第二のグループが「線」のミステリーだとすれば、これはさしずめ「点」のミステリーであり、人生の交差点ともいうべき駅を舞台に、さまざまな運命のドラマが繰り広げられます。

「線」のミステリーは、コナン・ドイルの『消えた臨時列車』（一八九八）、クロフツの『樽』（一九二〇）をはじめ、英米ではすでに百年以上の伝統があり、日本にも鮎川哲也の『黒いトランク』（一九五六）、松本清張の『点と線』（一九五八）など少なからぬ名作がありますが、このように「点」に特化した劇場型のミステリーは、西村氏の新発明にして専売特許だといっていいでしょう。

「十津川警部」シリーズには、この三グループのほかに、『十津川警部の怒り』『十津川警部の困惑』『十津川警部の逆襲』など、いずれも「十津川警部の」と題する一連の作品群がありますが、これは連作短編集の総題であって、作品そのもののタイトルではありません。また『環状線に消えた女』『伊勢・志摩に消えた女』『飛騨高山に消えた女』など、「消えた女」を題名に含む作品群がありますが、これもシリーズと呼ぶだけのプロットの統一性はなさそうですので、書誌学的にはともかく、形式分類学的には第一、第二のグループに含めていいと思われます。

さて、この『長崎駅殺人事件（ナガサキ・レディ）』は、前述のように「駅」シリーズの第六作として、一九九一年七月に光文社カッパ・ノベルスの一冊として書き下ろし刊行されました。このシリーズは東京駅と上野駅のあと、日本列島の北と南の駅を交互に舞台にしてきましたが、長崎駅は西鹿児島駅につづく九州で二番目の駅ということになります。また「十津川警部」シリーズには、初期の海洋ミステリーのころから『赤い帆船（クルーザー）』『消えた乗組員（クルー）』のように、片仮名英語のふりがなをつけた作品が多く、それがひとつのトレードマークになっていましたが、この作品で久しぶりにそのふりがなが復活しました。「ナガサキ・レディ」。いかにもこの作品の舞台にふさわしいエキゾチックなネーミングです。ただし、今回もまた、十津川警部はのんびりと旅情に浸っている余裕はなさそうです。

イギリスの人気作家、ビクトリア・ヘイズが日本人の妻とともに来日することになりました。ヘイズはスコットランド・ヤード（ロンドン警視庁）の元警部ですが、退職後に作家に転身し、かつての自分を投影したハートリイ警部を主人公にしたシリーズで人気を集めています。妻の信子は結婚するまでは警察官で、十津川警部の部下でした。その夫妻が新作の取材を兼ねて来日し、長崎へ旅行することになったのです。

ところが、来日直前に警視庁の刑事部長あてに不穏な手紙が届きます。「もしヘイズが来日すれば、われわれは彼を殺害する。警視庁は彼の来日を拒否するか、さもなくば、夫妻との関係を断て」という内容の脅迫状です。差出人はＷＲＰ（世界革命党）日本支部となっていますが、ＷＲＰはもともとヘイズが自分の小説のなかで敵役として創り出した犯罪組織です。その架空のテロ集団が現実の敵として名乗りをあげ、無茶な要求を突きつけてきたのです。

　警視庁としては日本警察の威信にかけても要求を呑むわけにはいきません。三上刑事部長は信頼する十津川警部にヘイズ夫妻の警護を命じます。夫妻にはスコットランド・ヤードのジェイソン・ケンドリック警部が警護役として同行していますが、この巨漢の警部は日本の警察力を見くびっているらしく、日本側警護陣との間に微妙な軋(あつ)轢(れき)が生じます。十津川がその「国際問題」をいかにクリアして日本警察の実力を見せつけるかというところに、この作品のもうひとつの読みどころがあるのですが、それは読んでのお楽しみです。

　一行は万全の態勢を整えたうえ、寝台特急「さくら」で長崎へ向かいますが、山口県の小郡(おごおり)駅を過ぎたあたりで信子夫人が行方不明になり、やがてコンパートメントからヘイズにあてた手紙が発見されます。そこには「妻を助けたければ身代金十万ポンドを用意して長崎のオランダ村へ来い」と書かれていました。

　こうして舞台は佐世保港からオランダ村へ、オランダ村から長崎市内へと目まぐるしく展開します。長崎駅で日英混成の捜査線を敷いたものの空(むな)しく犯人を取り逃がし、まんまと身代金を奪われてしまいます。その後、十津川たちは犯人を追って再び佐世保へ向かいますが、そこで予期せぬ銃撃戦が勃発し、事件は最悪の結末を迎えます。つまり十津川は警護の任務を果たせなかったのです。

しかし、この事件には最初からどこか胡散臭いところがありました。それに気づいた十津川警部は、疑念を晴らすべく単身イギリスへ渡ります。そこで十津川が見たものとは何か。それを見届け、彼とともに快哉を叫ぶことができるのは、いま本書を手にしているあなただけに許された特権です。

「十津川警部」シリーズの読者の辞書に、昔も今も「失望」という言葉はありません。

一九九一年七月　カッパ・ノベルス
二〇一一年一月　光文社文庫

長崎駅殺人事件（ナガサキ・レディさつじんじけん）
西村京太郎（にしむらきょうたろう）

2019年6月13日第1刷発行

講談社文庫
定価はカバーに
表示してあります

発行者――渡瀬昌彦
発行所――株式会社　講談社
東京都文京区音羽2-12-21　〒112-8001
電話　出版（03）5395-3510
　　　販売（03）5395-5817
　　　業務（03）5395-3615

デザイン―菊地信義
本文データ制作―講談社デジタル製作
印刷――――株式会社廣済堂
製本――――株式会社国宝社

Printed in Japan

ISBN978-4-06-515652-0

講談社文庫刊行の辞

二十一世紀の到来を目睫に望みながら、われわれはいま、人類史上かつて例を見ない巨大な転換期をむかえようとしている。

世界も、日本も、激動の予兆に対する期待とおののきを内に蔵して、未知の時代に歩み入ろうとしている。このときにあたり、創業の人野間清治の「ナショナル・エデュケイター」への志を現代に甦らせようと意図して、われわれはここに古今の文芸作品はいうまでもなく、ひろく人文・社会・自然の諸科学から東西の名著を網羅する、新しい綜合文庫の発刊を決意した。

激動の転換期はまた断絶の時代である。われわれは戦後二十五年間の出版文化のありかたへの深い反省をこめて、この断絶の時代にあえて人間的な持続を求めようとする。いたずらに浮薄な商業主義のあだ花を追い求めることなく、長期にわたって良書に生命をあたえようとつとめるところにしか、今後の出版文化の真の繁栄はあり得ないと信じるからである。

同時にわれわれはこの綜合文庫の刊行を通じて、人文・社会・自然の諸科学が、結局人間の学にほかならないことを立証しようと願っている。かつて知識とは、「汝自身を知る」ことにつきていた。現代社会の瑣末な情報の氾濫のなかから、力強い知識の源泉を掘り起し、技術文明のただなかに、生きた人間の姿を復活させること。それこそわれわれの切なる希求である。

われわれは権威に盲従せず、俗流に媚びることなく、渾然一体となって日本の「草の根」をかたちづくる若く新しい世代の人々に、心をこめてこの新しい綜合文庫をおくり届けたい。それは知識の泉であるとともに感受性のふるさとであり、もっとも有機的に組織され、社会に開かれた万人のための大学をめざしている。大方の支援と協力を衷心より切望してやまない。

一九七一年七月

野間省一

講談社文芸文庫

オルダス・ハクスレー　行方昭夫 訳

モナリザの微笑　ハクスレー傑作選

解説＝行方昭夫　年譜＝行方昭夫

ハB1

ディストピア小説『すばらしい新世界』他、博覧強記と審美眼で二十世紀文学に異彩を放つハクスレー。本邦初訳の「チョードロン」他、小説の醍醐味溢れる全五篇。

978-4-06-516280-4

ヘンリー・ジェイムズ　行方昭夫 訳

ヘンリー・ジェイムズ傑作選

解説＝行方昭夫　年譜＝行方昭夫

シA5

現代文学の礎を築きながら、難解なイメージがつきまとうジェイムズ。その百を超える作品から、リーダブルで多彩な魅力を持ち、芸術的完成度の高い五篇を精選。

978-4-06-290357-8

講談社文庫　目録

2019年3月15日現在